# 局外人

L'Étranger

[法] 阿尔贝·加缪 著
Albert Camus

李玉民 译

北方联合出版传媒(集团)股份有限公司
万卷出版有限责任公司

ⓒ 阿尔贝·加缪　李玉民　2023

**图书在版编目（CIP）数据**

局外人 /(法)阿尔贝·加缪著；李玉民译. -- 沈阳：万卷出版有限责任公司, 2023.5
ISBN 978-7-5470-5826-8

Ⅰ.①局… Ⅱ.①阿…②李… Ⅲ.①中篇小说－法国－现代 Ⅳ.①I565.45

中国版本图书馆CIP数据核字(2021)第214888号

| 出 品 人：王维良 |
|---|
| 出版发行：北方联合出版传媒（集团）股份有限公司 |
| 　　　　　万卷出版有限责任公司 |
| 　　　　　（地址：沈阳市和平区十一纬路29号 邮编：110003） |
| 印 刷 者：艺堂印刷（天津）有限公司 |
| 经 销 者：全国新华书店 |
| 幅面尺寸：140mm×210mm |
| 字　　数：108千字 |
| 印　　张：5.25 |
| 出版时间：2023年5月第1版 |
| 印刷时间：2023年5月第1次印刷 |
| 责任编辑：张　莹 |
| 责任校对：刘　洋 |
| 监　　制：黄　利　万　夏 |
| 营销支持：曹莉丽 |
| 装帧设计：紫图装帧 |
| ISBN 978-7-5470-5826-8 |
| 定　　价：59.90元 |
| 联系电话：024-23284090 |
| 传　　真：024-23284448 |

常年法律顾问：王　伟　版权所有　侵权必究　举报电话：024-23284090
本书如有印装质量问题，请致电：010-64360026

我控告这个人

怀着一颗罪犯的心,埋葬了一位母亲。

## 答案很简单:
## 他不愿撒谎

### ——《局外人》序言

很久以前,当我尝试以一句话概括《局外人》时,意识到这句话非常荒谬:"在我们的社会中,任何不在他母亲葬礼上哭泣的人,都有可能被处以死刑。"我想说的是,本书主角默尔索之所以被处死,是因为他不愿参与这个社会默认的游戏。在这一点上,他与他所生活的社会是格格不入的;他游离在社会的边缘,在私人、孤独而感官化的生活中徘徊。正因为此,某些读者认为他是一个被社会遗弃的人。但要更准确地认识他的品性,或者说认识我想要展现的那个品性,读者朋友应该先问问自己,为什么默尔索不愿遵守这个社会默认的游戏规则。答案很简单:他不愿撒谎。

撒谎不仅是说出虚假的话,更重要的是,撒谎意味着说出比事实更多的东西,意味着从人心的角度,去表达超过自己真实感受的东西。我们每天都会做这样的事,纯粹只为了让生活更方便一些。但是,默尔索与我们不一样,他不在意方便不方便,是什么他便说什么。他拒绝掩饰自己的感受。这种不加掩饰的真实让我们这个社会感到被威胁。在书中，当默尔索被问及是否后悔自己所犯下的罪行时，他回答说，相比后悔，他更觉得烦。这也成为他被问罪的理由之一。

对我来说，默尔索并非一个被社会抛弃的人，而是一个可怜的、直白的人，他迷恋没有阴影的阳光。他并非麻木不仁，他的内心被一种坚决而深刻的情感所驱使，他追求的是一种绝对的真理。这是一个否定性的真理：但它关乎我们是谁以及我们的真实感受。若是没有它，也许任何对自我或世界的征服都绝无可能。

所以，当读者将《局外人》理解为一个毫无英雄主义为了绝对真实而宁愿赴死的人的故事时，就不会跟我想表现的差太远。我之前说过，现在再矛盾地说一次，我试图将我笔下的人物塑造成我们社会里应该出现的"救世主"。在解释了这些之后，我相信大家应该可以理解，我没有任何冒犯的意思，只是对自己创造的角色稍微有一些讽刺，这应该是一个作家可以拥有的一点儿权力吧。

阿尔贝·加缪

（乔松 译）

## 目 录

*1* / 局外人

*119* / 附录
加缪生平与创作年表

局外人

L'Étranger

# 第一部

# 一

妈妈今天死了。也许是昨天,我还真不知道。我收到养老院发来的电报:"母去世。明日葬礼。敬告。"这等于什么也没说清楚。也许就是昨天。

养老院坐落在马朗戈,距阿尔及尔八十公里。我乘坐两点钟的长途汽车,下午就能抵达,赶得上夜间守灵,明天傍晚就可以返回了。我跟老板请了两天假,有这种缘由,他无法拒绝。看样子他不太高兴,我甚至对他说了一句:"这又不怪我。"他没有搭理。想来我不该对他这样讲话。不管怎样,我没有什么可道歉的,倒是他应该向我表示哀悼。不过,到了后天,他见我戴了孝,就一定会对我有所表示。眼下,权当妈妈还没有死。下葬之后就不一样了,那才算定案归档,整个事情就会披上更为正式的色彩。

我买了两点的车票。天气很热。我一如往常,在塞莱斯特饭馆吃了午饭。所有人都为我难过,塞莱斯特还对我说:"人只有一个母亲。"我走时,他们送我到门口。我有点儿匆忙,还

 L'Étranger

得去埃马努埃尔家借黑领带和黑纱。几个月前他伯父去世了。

怕误了班车，我是跑着去的。这样匆忙，又跑得太急，再加上旅途颠簸和汽油味，以及道路和天空反光刺眼，恐怕是这些缘故让我昏昏沉沉，差不多睡了一路。我醒来时，发觉自己靠在一名军人身上，而他朝我笑了笑，问我是否来自远方。我嗯了一声，免得说话了。

从村子到养老院，还有两公里路，我徒步前往。我想立即见妈妈一面。可是门房对我说，先得见见院长。而院长碰巧正有事儿，我只好等了一会儿。在等待院长时，门房一直说着话，随后我见到了院长：他在办公室接待了我。院长是个矮小的老者，身上佩戴着荣誉团勋章。他用那双明亮的眼睛打量着我，然后握住我的手，久久不放，弄得我不知该如何把手抽回来。他查了一份档案材料，对我说道："默尔索太太三年前住进本院，您是她唯一的赡养者。"听他的话有责备我的意思，我就开始解释。不过，他打断了我的话："您用不着解释什么，亲爱的孩子。我看了您母亲的档案。您负担不了她的生活费用。她需要人看护，而您的薪水不高。总的说来，她在这里生活，更加称心如意些。"我附和道："是的，院长先生。"他又补充说："您也知道，她在这里有朋友，是同她年岁相仿的人。她跟他们能有些共同话题，喜欢谈谈从前的事。您还年轻，跟您在一起，她会感到烦闷的。"

这话不假，妈妈在家那时候，从早到晚默不作声，目光不离我的左右。她住进养老院的头些日子，还经常流泪，但那是不习惯。住了几个月之后，再把她接出养老院，她还会哭天抹

6

泪，同样是不习惯了。这一年来，我没有怎么来养老院探望，也多少是这个原因。当然，也是因为去探望就得占用我的星期天——还不算赶长途汽车、买车票，以及步行两小时。

院长还对我说了些话，但是我几乎充耳不闻。最后他又对我说："想必您要见见母亲吧。"我什么也没有讲，就站起身来，他引领我出了门，在楼梯上，他又向我解释："我们把她抬到我们这儿的小停尸间了，以免吓着其他人。每当养老院里有人去世，其他人两三天都惶恐不安。这就给服务工作带来很大不便。"我们穿过一座院落，只见许多老人三五成群地在聊天。在我们经过时，他们就住了口，等我们走过去，他们又接着交谈。低沉的话语声，就好像鹦鹉在聒噪。到了一幢小房门前，院长就同我分了手："失陪了，默尔索先生。有什么事儿到办公室去找我。原则上，葬礼定在明天上午十点钟，我们考虑到，这样您就能为亡母守灵了。最后再说一句：您母亲似乎常向伙伴们表示，希望按照宗教仪式安葬。我已经全安排好了，不过，还是想跟您说一声。"我向他表示感谢。妈妈这个人，虽说不是无神论者，可是生前从未顾及过宗教。

我走进去。堂屋非常明亮，墙壁刷了白灰，顶上覆盖着玻璃天棚。厅里摆放着几把椅子和几个呈 X 形的支架。正中央两个支架上放着一口棺木。只见在漆成褐色的盖子上，几根插进去尚未拧紧的螺丝钉亮晶晶的，十分显眼。一个阿拉伯女护士守在棺木旁边，她身穿白大褂，头戴色彩艳丽的方巾。

这时，门房进来了，走到我身后。估计他是跑来的，说话还有点儿结巴："棺木已经盖上了，但我得拧出螺丝，好让您看看她。"他走近棺木,却被我拦住了。他问我:"您不想见见?"我回答说:"不想。"他也就打住了,而我倒有些不自在了,觉得自己不该这么说。过了片刻,他瞧了瞧我,问道:"为什么呢?"但是并无责备之意,看来只是想问一问。我说道:"我也不清楚。"于是,他捻着白胡子,眼睛也不看我,郑重说道:"我理解。"他那双浅蓝色的眼睛很漂亮,脸色微微红润。他搬给我一把椅子,自己也稍微靠后一点儿坐下。女护士站起身,朝门口走去。这时,门房对我说:"她患了硬性下疳①。"我听不明白,便望了望女护士,看到她眼睛下方缠了一圈绷带,齐鼻子的部位,绷带是平的。看她的脸,只能见到白绷带。

等护士出去之后,门房说道:"失陪了。"我也不知我做了什么手势,他就留了下来,站在我身后。身后有人让我不自在。满室灿烂的夕照,两只大胡蜂嗡嗡作响,撞击着玻璃天棚。我感到睡意上来了。我没有回身,对门房说:"您在这儿做事很久了吧?"他立刻答道:"五年了。"就好像他一直在等我问这句话。

接着,他又絮叨了半天。当初若是有人对他说,他最后的归宿就是在马朗戈养老院当门房,他准会万分惊诧。现在他六十四岁了,还是巴黎人呢。这时,我打断了他的话:"哦,您不是本地人?"随即我就想起来,他引我到院长办公室之前,就对我说起过我妈妈。他曾对我说,务必尽快下葬,因为平原

---

① 下疳即性病,分硬性和软性。硬性下疳是梅毒初期症状,生殖器、舌、唇、鼻等形成溃疡,病灶底部坚硬而不痛。

地区天气很热，这个地方气温尤其高。那时他就告诉了我，从前他在巴黎生活，难以忘怀。在巴黎，守在死者身边，有时能守上三四天。在这里却刻不容缓，想想怎么也不习惯，还没有回过神儿来，就得去追灵车了。当时他妻子还说他："闭嘴，这种事情不该对先生讲。"老头子红了脸，连声道歉。我赶紧解围，说道："没什么，没什么。"我倒觉得他说得有道理，也很有趣。

在小停尸间里，他告诉我，由于贫困，他才进了养老院。他自觉身板硬朗，就主动请求当了门房。我向他指出，其实他也是养老院收容的人。他矢口否认。他说话的方式已经让我感到惊讶了：他提起住在养老院的人，总是称"他们""其他人"，偶尔也称"那些老人"，而其中一些人的年龄并不比他大。自不待言，这不是一码事儿。他是门房，在一定程度上，他有权管理他们。

这时，女护士进来了。天蓦地黑下来。在玻璃顶棚上面，夜色很快就浓了。门房打开灯，突然明亮，晃得我睁不开眼睛。他请我去食堂吃晚饭，可是我不饿。于是他主动提出，可以给我端来一杯牛奶咖啡。我很喜欢喝牛奶咖啡，也就接受了。不大工夫，他就端来了托盘。我喝了咖啡，又想抽烟，但是不免犹豫，不知道在妈妈的遗体旁边是否合适。我想了想，觉得这不算什么。我递给门房一支香烟，我们便抽起烟来。

过了片刻，他对我说："要知道，您母亲的那些朋友，也要前来守灵。这是院里的常规。我还得去搬几把椅子来，煮些清咖啡。"我问他能否关掉一盏灯。强烈的灯光映在白墙上，容易让我困倦。他回答我说不可能。电灯就是这样安装的,要么全开,要么全关。于是,我就不怎么注意他了。他出出进进,摆好几把椅子,还在一把椅子上放好咖啡壶,周围套放着一圈杯子。继而,他隔着我妈妈的棺木,坐到我的对面。女护士则坐在里端,背对着我,看不见她在做什么,但是从她的手臂动作来判断,估计在打毛线。厅堂里很温馨,我喝了咖啡,觉得身子暖暖的,从敞开的房门,飘进夜晚和花卉的清香。想必我打了一个盹儿。

我是被一阵窸窸窣窣的声音弄醒的。合上眼睛,我倒觉得房间白森森的,更加明亮了。面前没有一点阴影,每个物体,每个突角,每条曲线和轮廓都那么分明,清晰得刺眼。恰好这时候,妈妈的朋友们进来了。共有十一二个人,他们在这种晃眼的灯光中,静静地移动,落座的时候,没有一把椅子发出咯吱的声响。我看任何人也没有像看他们这样,他们的面孔,或者他们的衣着,无一细节漏掉,全看得一清二楚。然而,我听不到他们的声音,而且不怎么相信他们是真实存在的。几乎所有女人都系着围裙、扎着腰带,鼓鼓的肚腹更显突出了。我还从未注意过,老妇人的肚腹竟能大到这个程度。老头子几乎个个精瘦,人人拄着拐杖。他们的脸上令我深感惊异的是,我看不见他们的眼睛,只在皱纹之间见到一点暗淡的光亮。他们坐下之后,大多数人瞧了瞧我,拘谨地点了点头,嘴唇都瘪进牙齿掉光的嘴里,让我闹不清他们是向我打招呼,还是面部肌肉抽搐了一下。我情愿相信他们那是跟我打招呼。这时我才发觉,他们全坐到我对面,围了门房一圈儿,一个个摇晃着脑袋。一时间,我有一种

局外人

恰好这个时候,妈妈的朋友们进来了。共有十一二个人,他们在这种晃眼的灯光中,静静地移动……

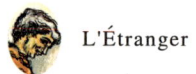 L'Étranger

可笑的感觉：他们坐在那里是要审判我。

　　过了片刻，一个老妇人开始哭泣，她坐在第二排，被前面一个女伴挡住，我看不清楚。她小声号哭，很有节奏，让我觉得她永远也不会停止。其他人都好像没有听见似的。他们都很颓丧，神情黯然，默默无语。他们的目光注视着棺木，或者他们的拐杖，或者随便什么东西，而且目不转睛。那老妇人一直在哭泣。我很奇怪，我并不认识她，真希望她不要再哭了，可是又不敢跟她说。门房俯近身去，对她说了什么，但是她摇了摇头，咕哝了两句话，又接着哭泣，还是原来的节奏。于是，门房过到我这边来，坐到我旁边。过了好半天，他才向我说明情况，但是并不正面看我："她同您的母亲关系非常密切。她说您母亲是她在这里唯一的朋友，现在她一个朋友也没有了。"

　　我们就这样待了许久。那女人唏嘘哭泣之声间歇拉长，但是还抽噎得厉害，终于住了声。我不再困倦了，只是很疲惫，腰酸背痛。现在，所有这些人都沉默了，而这种静默让我难以忍受。只是偶尔听到一种特别的声音，却弄不明白是怎么回事儿。时间一长，我终于猜测出来：有几个老人在哑巴口腔，发出这种奇怪的啧啧声响。他们本人并没有怎么觉察，全都陷入沉思了。我甚至有这种感觉，躺在他们中间的这位死者，在他们看来毫无意义。现在想来，那是一种错觉。

　　我们都喝了门房倒的咖啡。后来的情况，我就不知道了。一夜过去了。现在想起来，中间我睁开过一次眼睛，看见所有老人都缩成一团在睡觉，只有一个例外：他下巴颏儿托在拄着拐杖的手背上，两眼直直地看着我，就好像单等我醒来似的。

继而，我又睡着了。我醒来是因为腰越来越酸痛了。晨曦悄悄爬上玻璃顶棚。稍过一会儿，一位老人醒来，咳嗽了老半天。他往方格大手帕上吐痰，每吐一口，就好像硬往外掏似的。他把其他人都闹腾醒了，门房说他们该走了。他们都站起身。这样不舒服地守了一夜，他们都面如土色。令我大大惊奇的是，他们走时，都挨个儿跟我握手——这一夜我们虽然没有交谈一句话，但是一起度过似乎促使我们亲近了。

我很疲倦。门房带我去他的住处，我得以稍微洗漱了一下，还喝了味道很好的牛奶咖啡。我从他那儿出来，天已大亮了。在马朗戈与大海之间的山丘上方，天空一片红霞。海风越过山丘，送来一股盐味。看来是一个晴好的天气。我很久没有到乡间走走了。如果没有妈妈的丧事，我能去散散步该感到多么惬意。

可是，我却在院子里一棵梧桐树下等待。不过，我呼吸着泥土的清新气息，便消除了困意。我想到办公室的同事们，此刻他们起了床，准备去上班：对我而言，这一时刻总是最难受的。我还略微考虑了一下这些事儿，但是楼房里响起一阵钟声让我分了神。窗户里传出一阵忙乱的声响，随后又全肃静下来。太阳渐渐升高，开始晒热我的双脚了。门房穿过院子来对我说，院长要见我。我走进院长办公室，他让我在好几份单据上签了字。我看到他穿上黑色礼服、长条纹裤子。他拿起电话，插空询问我："殡仪馆的人到了有一会儿了。我要请他们来合棺。合棺之前，您想不想再看您母亲最后一眼？"我说不必了。于是他压低声音，在电话里吩咐道："费雅克，告诉那些人

13

 L'Étranger

可以去做了。"

然后,他对我说他要参加葬礼,我向他表示感谢。他坐到办公桌后面,交叉起两条短腿。他告诉我,送葬的只有我和他两个人,再加上出勤的女护士。原则上,院里的老人都不准参加葬礼,他只是让他们守灵。"这是个人道德问题。"他强调说。不过这一次,他准许妈妈的一位老友,叫托马斯·佩雷兹的去送葬。说到这里,院长微微一笑,对我说道:"您也理解,这种感情带点儿孩子气。他和您母亲还真的总是互相陪伴,不大离开。养老院里的人都开他们玩笑,对佩雷兹说:'那是您的未婚妻。'他就呵呵笑起来。默尔索太太一去世,确实给他的打击很大。我认为不应该拒绝让他送一程。不过,按照保健医生的建议,昨晚我就不准他守灵了。"

我们待了许久没有说话。院长站起身,向办公室窗外张望。有一阵,他还观察到:"马朗戈的本堂神父已经到了。他提前来了。"他告诉我,教堂坐落在村子里,少说也要三刻钟才能走到。我们下楼去。本堂神父与唱诗班的两名儿童在楼前等待。一名儿童手上捧着香炉,而本堂神父俯下身,正给他调好银链的长度。我们一到,神父就直起身来。他管我叫"我的孩子",跟我说了几句话。他走进灵堂,我跟在身后。

我一眼就看到,棺盖上的螺丝都拧下去了,厅堂里站着四个黑衣人。我听见院长对我说灵车已停在路上等候,同时也听到神父开始祈祷了。从这一时刻起,一切都进展得非常快。那四个人扯着柩单,朝棺木走去。神父及其随从、院长和我本人,都走出了厅堂。门外站着一位素不相识的女士,院长介绍:"默尔索先生。"但是那位女士的名字,我没有听见,只明白她是派来的护士。她那长脸瘦骨嶙峋,微微点一下头,没有一丝笑容。然后,我们站成一排,让抬着灵柩的人过去。我们跟在灵柩后面,走出了养老院。灵车停在大门外,呈长方形,漆得油亮,真像个文具盒。灵车旁边跟着两个人,一个是身形矮小、衣着滑稽可笑的殡葬司仪,另一个是举止做作的老者,我明白他便是佩雷兹先生了。他头戴圆顶宽檐软毡帽(灵柩抬出门时,他摘下了帽子),身穿一套西服,裤子呈螺旋形卷在皮鞋上面,领口肥大的白衬衣上,扎着一个小小的黑领结。他的嘴唇不停地颤抖,而鼻子上布满黑斑点;白发细软,露出两只晃晃荡荡的奇特耳朵,耳轮极不规整,呈现血红色,与苍白面孔的反差,给我留下强烈的印象。殡葬司仪给我们安排各自的位置。本堂神父走在前头,随后是灵车,由四名黑衣人围护,院长和我跟在灵车后面,收尾的是委派的护士和佩雷兹先生。

太阳当空,已经普照大地,铺天盖地压下来,温度迅速升高。我实在不明白,我们为什么等待这么长时间才出发。我穿着深色外装,觉得很热了。那个重又戴上帽子的矮个儿老者,又将帽子摘下来了。我略微扭头瞧他。这时,院长向我谈起他,说我母亲和佩雷兹先生由一名女护士陪同,傍晚经常去散步,一直走到村子旁。我望了望四周的田野,只见成行的柏树延伸到天边的山丘上,柏树之间透出这片红绿相间的土地,这些稀稀落落如画的房舍,于是我理解妈妈了。在这个地方,傍晚时分,该是放松心情而感伤的时刻。然而今天,太阳暴烈,

我望了望四周的田野,只见成行的柏树延伸到天边的山丘上,柏树之间透出这片红绿相间的土地……

 L'Étranger

晒得景物直战栗，显得毫无人性，大煞风景。

我们终于上路了。这时我才发现，佩雷兹走路稍有点儿瘸。灵车行驶渐渐加速，老人就慢慢落单了，围护灵车的人也有一个落后，现在与我并行了。太阳在天空飞升得如此迅疾，令我深感诧异。我这才发现，田野里虫鸣与青草的窸窣声早已响成一片。汗水在我脸颊流淌。我没戴帽子，只好拿手帕扇风。殡仪馆的那名职员忽然对我说了句什么，我没有听清。他说话的同时，用右手微微推起鸭舌帽檐，左手拿手帕擦了擦额头。我对他说："什么？"他指了指天，重复道："真烤人啊。"我说："对。"过了一会儿，他问我："那里面是您母亲吧？"我还是说："对。""她老了吗？"我回答"差不多吧"，只因我不知道她的确切年龄。随后，他就住了声。我回头望去，只见佩雷兹老头落下有五十米远了，他急着往前赶，用力扇着毡帽。我也瞧了瞧院长，他走路十分庄重，没有一点儿多余的动作。他的额头闪动着几滴汗珠，但他并不擦拭。

我觉得送葬的队伍行进稍微快了些。我周围总是同样的田野，通明透亮，灌足了阳光。强烈的天光让人受不了。有一阵子，我们经过一段新翻修的公路。太阳晒得柏油路面鼓胀起来，一脚踩下去就陷进去，翻出亮晶晶的路浆。坐在灵车上面的车夫戴的那顶帽子，仿佛是用在这种黑泥浆里鞣过的熟皮制作的。头上蓝天白云，下面色彩单调：翻出来的黏糊糊的柏油路浆呈黑色，衣服暗淡一抹黑，灵车漆成黑色。我置身其中，不禁有点儿晕头转向。烈日、皮革味、马粪味、油漆味、焚香味，这一切再加上一夜未眠的疲倦，搞得我头昏眼花。我再次回过头去，觉得佩雷兹离得很远了，在熏蒸的热气中若隐若现，继而再也看不见了。我举目搜寻，看见他离开了大路，从田野斜插过来。我也看到，公路在前面拐弯了，从而明白佩雷兹熟悉当地，要抄近路赶上我们。他在拐弯处追上我们了。继而，我们又把他丢在后面，他又从田野抄近路追上来，如此反复数次。我感到太阳穴呼呼直跳。

接下来，事情确定而自然，进展得飞快，我现在什么也不记得了。只记得一个情况：到了村口，那个特派的女护士跟我说话了。说话的声音很奇特，同她那张脸极不相称，一种颤巍巍的、悠扬悦耳的声音。她对我说："若是慢慢悠悠地走，就可能中暑。可是走得太快，浑身冒汗，进了教堂又会着凉，患热伤风了。"她说得对，真叫人无所适从。那天的情景，我还保留几点印象，例如，临近村口，佩雷兹最后一次追上我们时的那副面孔。他又焦灼又沉痛。大颗大颗的泪珠流到面颊上，但因密布的皱纹阻碍而流不下去，便四散开，再聚积相连，在他那张颓丧失态的脸上形成一片水光。还记得教堂和人行道上的村民，墓地坟头上天竺葵绽放的红花，佩雷兹晕倒了（活似散了架的木偶），往妈妈的棺木上抛撒的血红色泥土，以及夹杂在泥土中的白色树根，还有那些人、那种嘈杂声音、那座村庄、在一家咖啡馆门前的等待、不停的马达隆隆声，还有长途汽车驶入阿尔及尔灯火通明的市中心时我那种喜悦，心想马上就能倒在床上，闷头睡他十二个钟头了。

## 二

  我睡醒了才明白，我请两天假时，老板为什么显得不高兴：今天是星期六。当时我却把这茬儿给忘了，起床才想起来。我的老板自然而然会想到，好嘛，加上星期天，也就有了四天假期。这不可能让他开心。不过，一方面，妈妈昨天而不是今天下葬，这又不能怪我；而另一方面，不管怎样，星期六和星期天我总归要休息。理儿当然是这个理儿，这并不妨碍我理解老板的反应。

  昨日累了一整天，起床感到很吃力。我刮脸的时候，心里还琢磨干点儿什么好，最后决定去洗海水浴。我上了有轨电车，前往港口海水浴场。到了地方，我便一头扎进泳道里。有许多年轻人来游泳。我在水里碰见玛丽·卡多纳，我们办公室从前的打字员，当时我对她还挺有意。现在想来，她也同样。但是，她没干多久就走人了，我们也就来不及发展关系。我帮她爬上一个浮标，趁扶她的时候，摸了一把她的乳房。我还在水里，她已经趴在浮标上了。她朝我转过身来，头发遮住眼

 L'Étranger

睛,咯咯笑个不停。我也爬上浮标,躺在她身边。天气晴好,我权当开玩笑似的,脑袋往后一仰,就枕在她的肚子上了。她什么也没有说,我也就这样安心躺着。满眼无际的天空,蔚蓝而金光灿烂。我感到玛丽的肚子在我的脖颈下面微微跳动。我们半睡半醒,在浮标上待了许久。等太阳烤得太厉害时,她就扎进水里,我紧随其后。我追上去,搂住她的腰,我们便相携共游。她还一个劲儿地笑。上了码头,我们擦干身子时,玛丽对我说:"我晒得比你黑。"我问她晚上愿不愿意去看电影。她又笑了,对我说她想去看一部费尔南德尔①主演的片子。等我们穿好衣服,她看到我扎黑领带非常惊讶,就问我是否戴孝呢。我对她说妈妈死了。她又想知道是什么时候的事儿,我回答说:"昨天的事儿。"她略微后撤,但是没有提出任何异议。我倒很想对她说,这不能怪我,但是欲言又止,忽然想到这话我已经对老板讲过了。这样说毫无意义。归根结底,人总难免有点儿错。

到了晚上,玛丽已经把这事儿忘得一干二净。影片不时有滑稽可笑的场面,但实在很荒唐。她的腿偎着我的腿。我抚摸着她的乳房。电影快演完时,我亲吻了她,但是很不得劲。从影院出来,她和我一起到了我家。

---

① 费尔南德尔(Fernandel,1903—1971),操南方口音、极受民众喜爱的法国喜剧演员。参加拍摄了上百部影片,主演了由法国喜剧大师帕尼奥尔导演的七部影片。主要有《昂热尔》、《再生草》、《挖井人的女儿》、《唐·卡米罗的小天地》系列、《羊有五条腿》、《阿里巴巴和四十大盗》等。

我一觉醒来，玛丽已经走了。她早就有言在先，要去她姨妈家。我想到正逢星期天，心里就烦得慌：我不爱过星期天。于是，我在床上翻了个身，在枕头上细闻玛丽的头发留下的咸味，一直睡到十点钟。接着，我就吸烟，在床上一直躺到中午。我不愿意像平时那样，去塞莱斯特餐馆用餐，因为那里的熟人肯定要问这问那，我可不喜欢应付那种局面。我自己煮了几个鸡蛋，直接在托盘上吃了，没吃面包，家里没有了，又不想下楼去买。

吃完了饭，我有点儿烦闷，就在房间里游荡。妈妈在这儿的时候，这套房子挺合适，现在我一个人住，就显得太大了，只好把餐厅里的桌子移到卧室里。我只在这间屋里生活，家具只有几把有点儿塌陷的草垫椅子、一个镜子发黄的大衣柜、一张梳妆台和一张铜床。余下的房间都废弃不用了。过了一会儿，为了找点儿营生，我拿起一份旧报纸读起来。克鲁申盐业公司发了一则广告，我就将其当作有趣的剪报，剪下来集中贴在一个旧笔记本上。我洗了洗手，最后来到阳台。

我的房间正对着城郊的主要大街。下午天气晴朗。不过，铺石路面腻滑，行人寥寥，而且脚步匆匆。我先是看到上街散步的一家人：两个穿着水手衫的小男孩，短裤长过膝盖，全身笔挺，举止有点儿拘板了；还有一个小女孩，头上扎着粉红色大蝴蝶结，脚下穿一双锃亮的黑皮鞋；母亲跟在孩子的后面，她躯体肥大，穿着栗色丝绸连衣裙；而父亲身材矮小，又相当瘦弱，看着眼熟，他头戴扁平狭檐草帽，领口扎着蝴蝶结，拿着手杖。看着他同妻子一起散步，我就明白了为什么在这个街

## L'Étranger

区,有人说他很有风度。过了半晌,城郊青年陆续走过,他们油头粉面,打着大红领带,上衣紧箍身子,绣了花,脚穿方头大皮鞋。估计是去市中心,因此,他们早早动身,嘻嘻哈哈笑着,急忙赶有轨电车。

年轻人过去之后,街上行人就眼见稀少了。想必各种演出都已经开始。街面上只剩下店铺老板和猫了。天空无云,但是阳光透过街道两边的榕树,并不那么强烈。街对面一家烟铺老板搬出一把椅子,放在店门前的人行道上,跨坐在上面,两条手臂撑着椅背。刚才有轨电车还人满为患,现在几乎空驶了。挨着烟铺的小咖啡馆"皮埃罗之家"里,小伙计正用锯末子擦拭空荡荡的餐厅。好一派星期天的景象。

我调转椅子,像烟铺老板那样骑上,觉得那种坐姿更舒服些。我抽了两支香烟,又进屋拿了一块巧克力,回到窗口吃起来。不久,天空阴沉了,恐怕要来一场夏季暴雨,然而又渐渐放晴了。不过,乌云飘过时,街道更加昏暗,仿佛预示下雨一般。我久久观望着风云变幻。

到了五点钟,几辆电车隆隆驶来,从郊区体育场拉回大批观众:他们有的站在踏板上,有的扶着栏杆。随后驶来的几辆电车,则运回运动员,从他们的小手提箱就能看出他们的身份。他们大吼大叫,扯着嗓子唱歌,赞颂他们的俱乐部长盛不衰。好几名运动员向我招手,其中一个甚至冲我嚷了一声:"战胜他们啦!"我应声道:"对。"同时点了点头。从这时候起,小汽车蜂拥驶来。

天色又略微向晚。房顶上的天空转为淡红色,随着渐近黄昏，街道也热闹起来。那些散步者又渐渐回来了。我从人群中，认出了那位有风度的先生。孩子们有的哭哭啼啼，有的让大人拖着。本街区的几家电影院，也随即往街上倾泻观众的洪流。观众中间的青年人，比比画画的动作比平时更为坚决，想必他们是看了一部惊险片。从城里电影院回来的人，稍晚一点儿才到达。他们的神态似乎更加凝重。他们还是说笑，但不时显得倦怠，若有所思。他们滞留在街上，在对面的人行道上来回踱步。这个街区的姑娘们都不戴帽子，彼此挽着手臂。小伙子们故意迎面走去，同她们交错而过，抛出打趣的话，她们就扭过头去咯咯笑。好几位姑娘我都认得，她们跟我打招呼。

这工夫，路灯一下子全亮了，初跃夜空的星星因而黯然失色。总盯着灯光强烈的人行道上的人流，我感到眼睛很累。灯光把潮湿的路面与间隔时间均匀驶过的电车照得亮闪闪的，也映照着油亮的头发、银手镯和人的笑脸。过了不久，电车逐渐稀少了，在树木和路灯的上方，夜色弥漫，已经漆黑一片了。不知不觉中，已经人去街空了，以至出现第一只猫，慢慢腾腾穿过重又空旷的街道。于是我想到该吃晚饭了。我俯在椅背上坐了太久，脖子有点儿酸痛。我下楼去买了面包和果酱，自己做了点儿菜，就站着吃饭了。我想要到窗口抽支香烟，但是夜晚凉了，我感觉有点儿冷。我关上了所有窗户，返身回来，在衣镜里瞧见桌子的一角，桌上并排放着酒精灯和几片面包。我不免想：又过了一个绷得很紧的星期天，妈妈现已入土为安，我又要去上班。总而言之，生活毫无变化。

# L'Étranger

在树木和路灯的上方,夜色弥漫,已经漆黑一片了。不知不觉中,已经人去街空了,以至出现第一只猫,慢慢腾腾穿过重又空旷的街道。

## 三

今天上班，我努力工作。老板也和蔼可亲，问我是否太累了，还想知道妈妈的享年。我说"六十来岁"，以免出错。不知道为什么，看样子他松了一口气，似乎认为总算了结了一件事。

我的办公桌上堆了一大摞提货单，要由我一一检验。离开办公室去吃午饭之前，我洗了手。中午是我很喜欢的时刻，傍晚下班，我就不大喜欢了，只因公用的毛巾被大家用一天，已经完全湿了。有一天，我还提醒老板这件事。他回答说，这情况实在遗憾，但这毕竟是无关紧要的小事儿。我出去晚了一点儿，十二点半了，同发货部的埃马努埃尔一起走走。办公室朝向大海，在骄阳似火的港口，我们观望了一会儿停泊的货轮。这时，一辆卡车开来，裹挟着哗啦啦的铁链声响和轰隆隆的马达声。埃马努埃尔问我："搭车去好不好？"于是我们跑起来。卡车驶过去了，我们就拼力追赶。我被嘈杂声和尘土给淹没了，什么也看不见了，只感到奔跑的这股不协调的

L'Étranger

冲劲儿，周围闪过绞车、机器，以及远海上跳动的桅杆和一路经过的船体。我头一个抓住车帮，飞身上去，再把埃马努埃尔拉上车，坐了下来。我们都气喘吁吁。卡车在高低不平的码头铺石路上颠簸，笼罩着尘土和阳光。埃马努埃尔笑得喘不上气来了。

我们到达塞莱斯特饭馆时，浑身都湿透了。塞莱斯特大腹便便，系着围裙，蓄着白胡子，总在那里迎候。他问我"事情还算顺利吧"，我回答说对，并且说我真饿了。我吃得很快，又喝了咖啡还有酒。然后，我回到家里，因为酒喝得太多，小睡了一会儿，醒来时又特别想抽烟。但是时间晚了，我跑着去赶一辆电车。我工作了一下午。办公室里非常热，傍晚下班出来，我便徒步回家，沿着码头慢慢走回去，觉得特别惬意。天空一片绿色，我感到欣然自得。不过，我还是直接回家，想要吃煮土豆。

我登上黑暗的楼梯，碰到我的同楼层的邻居——萨拉马诺老头。他牵着他的狗。看着人和狗相伴，已有八年。这只长毛猎犬患了皮肤病，我认为是原虫性肠炎和肝炎，狗毛几乎掉光，皮肤上布满棕色结痂和粗糙的硬皮。萨拉马诺老头跟狗一起生活，长期同居在一个小房间里，久而久之就相像了：他脸上黄毛稀疏，有许多块淡红色的痂皮；而狗也形成主人的姿态，躬腰驼背，伸长脖子，嘴巴往前探。看样子，他们俩同属一个种类，却相互憎恶。老头子每天遛两次狗，上午十一点和傍晚六点。八年来，他遛狗就没有改变过路线，可以看到人和狗沿着里昂街往前走，狗拖着人，直到萨拉马诺老头绊了一跤。于是,老头子就打狗,狠骂一通。狗吓得匍匐在地,接着让人拖着走。在这种时候,就是老头子牵着狗走了。过了一阵,狗就忘记了,再次跑到前面拖着主人,结果再次挨打挨骂。这样,人与狗就停在人行道上,相互对视,狗吓得要命,人恨得要死。日复一日,天天如此。狗要撒尿时,老头子偏不容它撒完,又硬拉它走,狗尿就滴了一长溜儿。狗若是偶尔把尿撒在屋里,又得挨一顿痛打。这种情况延续了八载。塞莱斯特总说:"真够不幸的。"可是归根到底,谁也没法弄清楚。我在楼梯上碰见他们的时候,萨拉马诺正骂狗呢。他对狗说:"混账东西!下流坯!"而狗连声哀吟。我道了声"晚安",而老头子还在一个劲儿地骂狗。于是我就问他,狗怎么惹着他了。他仍旧不应声,只顾骂道:"混账东西!下流坯!"看他俯身向狗,我就猜出他要给狗调整一下脖套。我说话提高了嗓门儿,于是,他强忍着怒火,也不转身就回答我说:"它在那儿就是不动窝儿。"接着,他就硬拖着狗走,狗哀吟着,被拉着四脚往前滑动。

  恰巧这时,我的同楼层的第二位邻居进楼了。街区里传说他吃女人那碗饭。不过,若是有人问起他的职业,他就回答:"仓库管理员。"总体来说,不大有人喜欢他。但是,他经常跟我说话,有时还到我家来坐坐,只因我肯倾听,也觉得他讲的事情挺有趣。况且,我也没有任何理由不理睬他。他名叫雷蒙·辛泰斯,个头儿相当矮小,肩膀很宽,鼻子塌下去。他的穿戴总是那么讲究。他提起萨拉马诺时,也对我这样说:"这还算不上不幸!"他问我,那种样子是不是让我很厌恶,我的回答是否定的。

我们一同上楼,正要分手时,他对我说道:"我那儿有香肠,有葡萄酒,您愿意跟我一起吃点儿吗?……"我想到这就省得我做饭了,于是接受了邀请。他也只有一个房间,外带没有窗户的厨房。他的床铺上方摆着一尊白色和粉红色仿大理石的天使雕像,挂着几幅体育冠军照片,以及两三张裸女画片。房间又脏又乱,床铺也没有整理。他先点着煤油灯,再从口袋里掏出一卷不干不净的纱布,将右手包扎起来。我问他怎么弄的,他说跟一个找他麻烦的家伙干了一架。

"您能理解,默尔索先生,"他对我说道,"并不是因为我凶狠,只是脾气太暴。那个家伙对我说:'你若是个男子汉,就从电车上下去。'我对他说:'好了,消停点儿吧。'他又对我说我不是个男人。于是我下了车,对他说道:'行了,见好就收吧,不然我就打你个鼻青脸肿。'他回我一句:'你敢怎么着?'我一拳打过去,一下子就把他击倒了。我正要上前扶起他,他却躺在地上踹了我几脚。于是我用膝盖一顶,扇了他两个大嘴巴,打得他满脸挂花,问他够不够。他回答说够了。"辛泰斯讲述的工夫,一直在包扎他的手。我坐在床上。讲完了他对我说:"您瞧,不是我招惹他,而是他冒犯了我。"这我承认,的确如此。于是他郑重地对我说,他正想就此事向我请教。他看我是条汉子,见过世面,肯定能帮上他的忙,然后他就成为我的哥们儿了。我什么也没有说,他又问我是否愿意做他的哥们儿。我说做不做都一样,他便高兴起来。他拿出香肠,在炉子上煎好,然后摆上酒杯、盘子、刀叉，还拿出两瓶红葡萄酒。整个过程保持沉默。然后我们就座，在吃饭的时候，他就开始讲述他的事了，起初还颇为犹豫："我认识一位女士……也可以说是我的情妇……"跟他打架的那个男人，就是那女人的兄弟。他对我说，那女人是他包养的。我没有应声。他就紧接着补充道，他了解这个街区的传言，但是他问心无愧，他就是仓库保管员。

"还是扯回我的事上来，"他对我说道，"我发现这里面有骗局。"他供给那女人足够的生活费用，他亲自给她付房钱，每天给二十法郎饭费。"房钱三百法郎，饭费六百法郎，时而还给她买双袜子，算下来就是一千法郎。而女士闲着不工作，总对我说抠得太死，我给她的钱不够花。然而，我对她说过：'你为什么不干活，出去打半天工呢？那样的话，所有这些小花销，你就不用我来负担了。这个月我还给你买了一套衣服，每天我给你二十法郎，房费也给你付了，而你呢，下午请一帮女友喝咖啡，用咖啡和白糖招待她们。可我呢，照样给你钱。我对得起你，你却以怨报德。'她就是不工作，总说钱不够花，正因为如此，我才发觉这里面有假。"

于是，他告诉我，他在她的手提包里发现了一张彩票，女人无法向他解释是怎么来的。过了不久，他又在女人那里发现一张当票，表明她当了两只手镯，而他从来不知道她还有两只镯子。"我算明白了，这里面有骗局。于是，我跟她分了手。不过，我先揍了她一顿，然后才戳穿她那套把戏。我对她说，她的全部愿望就是享乐。您应当明白，默尔索先生，正如我对她说的：'你看不到大家多么羡慕我提供给你的幸福。以后你就能明白你有过的幸福。'"

他一直把女人打得出了血。从前，没有真打过她。"原先，我只是拍拍打打她，可以说手轻起轻落，她也叫喊两声。我就关上百叶窗，每次都是这样收场。现在这次，真下了狠手。而且我觉得，给她的惩罚还不够。"

于是他向我解释，正是为这事儿，他需要有人给他出出主意。说着他停下来，调了调烧焦的灯芯。我一直听他讲述，喝下去将近一公斤葡萄酒，只觉得太阳穴热乎乎的。我的烟抽完了，就抽雷蒙的香烟。最后几趟电车驶过去，带走的喧闹声远离了城郊。雷蒙还继续讲述，他烦恼的是，他对他那个姘头还有点儿感情。可是，他想要惩罚她，先是想到带她去一家旅馆，再叫来"风化警察"，制造一起丑闻，让她作为妓女在警察局登记入册。后来，他又找黑道上的几个朋友商议，他们没有想出什么好主意。雷蒙顺便还向我指出，参加黑道完全值得，他向黑道的朋友说了这件事，他们就建议给那女人的脸上"留个记号"。但是他不愿意那么干，还得考虑考虑。行动之前，他要向我讨教。而且，在向我讨主意之前，他想了解我如何看待这场风波。我回答说，我没有什么想法，只觉得有趣。他又问我是否认为这其中有欺骗行为。照我看，的确有欺骗行为，至于我是否认为应该惩罚她，换了我会怎么做，我对他说，这是永远也不可能知道的，但是他要惩罚她，我可以理解。我又喝了点儿葡萄酒。他点着一根香烟，并向我透露他的打算。他想要给她写一封信，用话语"踢她几脚，同时说些事情引得她后悔"。这之后，等她回来，就跟她上床；"就在做完爱的时候"，他要朝她的脸啐上一口，将她赶出门去。我觉得用这种办法，确实让她受到了惩罚。可是，雷蒙对我说，他笔头不行，觉得写不了这样一封信，于是想到请我代笔。他见我一言不发，就问我当即草拟一封是不是有难处，我回答说没有。

这时，他喝完一杯酒，便站起身，一把推开餐盘和我们吃剩下的少许冷香肠，再仔细擦干净餐桌上的漆布。他从床头柜的抽屉里取出一张方格纸、一只黄信封、一支红木杆的蘸水笔和一个方形紫墨水瓶。等他一告诉我那女人的姓名，我就明白她是摩尔人。我动笔写信，写得有点儿随意，但是我也尽力让雷蒙满意，因为我没有理由不让他满意。信写出来，我高声念给他听。他边吸烟边听我念信，连连点头，还请求我再念一遍。他十分满意，对我说道："我就知道你是见过世面的人。"开始我还没有发觉他跟我说话用"你"相称了，直到他明确向我表示："现在，你是我真正的哥们儿了。"这才让我惊觉。这句话他又讲了一遍，我便应了一声："是啊。"跟他做不做哥们儿，这对我无可无不可，而看他那神态，还真有这种渴望。他把信封上，我们把酒喝干。然后，我们抽了一会儿烟，没有再说什么。街上一片平静了，我们听见一辆驶过的汽车轮子滑过路面的声音。我说道："时候不早了。"雷蒙也这样认为。他还注意到时间过得很快，在一定意义上，也的确如此。我昏昏欲睡，却又懒得起身。我的样子一定显得很疲惫，雷蒙才对我说千万别灰心。乍一听我还没闹明白。他便向我解释道，他得知我妈妈死了，但是这件事早晚有一天要发生。这与我的看法不

33

L'Étranger

我动笔写信,写得有点儿随意,但是我也尽力让雷蒙满意,因为我没有理由不让他满意。

谋而合。

　　我站起身来,雷蒙跟我握手非常用力,还对我说了一句,男人之间,总能够心照不宣。我走出他的房间,随手把门带上,在漆黑的楼梯平台上停留了片刻。楼房上下寂静无声,一股阴暗而潮湿的气息,从楼梯井深底飘上来。我只听见我的血液汩汩流淌,在我的耳鼓里嗡嗡作响。我站在原地一动不动,从萨拉马诺老头的房间里,隐隐传出那条狗的哀吟。

## 四

整个一周,我努力工作。雷蒙来过,告诉我信已寄出。我同埃马努埃尔去看了两场电影,而银幕上发生的事情,他并不总能看得懂,就得让我给他解释。昨日星期六,玛丽按我们约定的时间来了。她身穿红白条纹漂亮的连衣裙,脚穿一双皮凉鞋,我一见到就对她产生了强烈的欲望。她那坚挺的乳房隐约可见,而她那张脸被太阳晒成了一朵棕色的花。我们上了一辆公共汽车,驶出阿尔及尔几公里,来到一处海滩,周围岩石环抱,岸边芦苇丛生。午后四点钟的太阳不太灼热,而海水又很温暖,微波轻浪拖得很长,懒洋洋的。玛丽教了我一种游戏。游泳的时候,迎着浪尖喝口水,将浪花飞沫全含在嘴里,再仰泳朝天喷出去,形成一条泡沫花带,泡沫消失在半空中,或者如暖雨落在脸上。可是,嬉戏一会儿之后,我的嘴就被苦咸的海水烧痛了。玛丽又同我会合,在水里紧贴着我,她的嘴也贴到我的嘴上,用舌头舔我的嘴唇,给我清凉之感。我们就这样搂抱着,在水中翻滚了一阵子。

L'Étranger

昨日星期六，玛丽按我们约定的时间来了。她身穿红白条纹漂亮的连衣裙，脚穿一双皮凉鞋……

我们上了海滩，穿好衣服，玛丽眼睛发亮，注视着我。我拥抱并吻了她。从这一刻起，我们就不再说话了。我紧紧搂着她，急忙赶上一辆公共汽车，回到我家里，扑到床上。屋里的窗户大敞四开，让夏夜的气息擦着我们棕色的肌肤流动，这种感觉舒服极了。

那天早晨，玛丽留下来没走，我对她说共进午餐。我下楼去铺子买了肉，回来上楼时，听见雷蒙的房间有女人的说话声。过了一会儿，萨拉马诺老头又开始骂狗了，我们听到鞋底和爪子踏木楼梯的声响，接着是"混账东西，下流坯"的骂声，人和狗出门上街。我给玛丽讲了老头子的故事，她听了咯咯大笑。我穿上我的一身睡衣，袖子挽了起来。看她那笑态，我又来了欲望。过了一会儿，她问我爱不爱她。我回答说这种问题毫无意义，但是我觉得不爱。看她那样子挺伤心的。不过，在做午饭时，她又无缘无故咯咯笑起来，引得我又上前拥抱并吻她。正是这工夫，雷蒙的房间里爆发了争吵声。

先是听见女人的尖嗓门儿，接着雷蒙说道："你冒犯了我，你冒犯了我。我要让你尝尝，冒犯我会有什么果子吃。"几声闷响之后，女人开始号叫，而且叫得那么凄厉，立刻引来人，挤满了楼梯平台。玛丽和我也出去瞧了瞧。那女人仍在惨叫，雷蒙还打个不停。玛丽对我说，这太可怕了，我没有应声。她要我去叫警察，我回答说我不喜欢警察。然而，还是来了一个警察，是由住在三楼的白铁匠带来的。警察敲门，屋里就一点儿动静也没有了。警察敲得更响，女人哭起来，雷蒙打开房门。他嘴上叼着一支香烟，一副虚头巴脑的样子。那女人冲

L'Étranger

出房门，向警察诉苦，说雷蒙打了她。"叫什么名字？"警察问她。雷蒙替她回答。"你跟我说话的时候，把嘴上的香烟拿掉。"警察说道。雷蒙不免犹豫，瞧了我一眼，又吸了一口烟。警察当即抡起手臂，扇了他一个大耳光，又狠又重，打个正着。香烟给扇出去几米远。雷蒙脸色大变，没有立即讲什么，继而，他以谦恭的声调问道，他可不可以拾起自己的烟头。警察说可以，随即又补充一句："下次你就知道，警察可不是闹着玩的。"这工夫，那女人一直在哭，反反复复说："他打了我。他是个拉皮条的。""警察先生，"雷蒙问道，"说一个男人是拉皮条的，这从法律上讲得通吗？"然而警察却命令他"闭上你的嘴"。雷蒙于是转向那女人，对她说道："等着瞧吧，小妞儿，总有再见面的时候。"警察又叫他闭嘴，并且说女的必须离开，而他得在家里等待警察局传讯。他还说，雷蒙浑身发抖，醉成那个样子，应该感到羞耻。雷蒙马上向他解释："我没有醉，警察先生，只因我在您面前才发抖，就是控制不住。"说罢，雷蒙关上房门，围观的人也都散去。玛丽和我终于做好了午饭，不过她不饿，午饭几乎全让我给吃了。她一点钟走了，我就睡了一个小觉。

将近三点钟，有人敲门，是雷蒙来了。我仍旧躺在床上，他就坐到我的床边。他坐了半晌，没有开口说话，我便问他是怎么回事儿。他向我讲述，他按照自己的想法行动，不料那女人打了他一个耳光，于是他就揍了她一顿。后来的情况，我都当场看到了。我便对他说，我认为那女人现在已经受到了惩罚，他总该满意了。这也正是他的看法，他还指出，叫来警察也是白费劲儿,丝毫也不能减轻她挨打的疼痛。他还补充说,他十分了解警察,知道该如何对付他们,紧接着又问我,是否期待他回敬那警察打的耳光。我回答说,我什么也没有期待,况且我就不喜欢警察。看样子雷蒙非常满意。他问我愿不愿意跟他一起出去。我下了床,开始拢头发。他对我说,我一定得为他做证。我表示怎么都行,只是不知道该说些什么。按照雷蒙的意思,只要声明那女人冒犯了他就够了。我答应为他做证。

我们出了门,雷蒙请我喝了一杯白兰地。继而,他想要打一局台球,我差一点儿就赢了。然后,他又想去逛窑子。我说不去,不喜欢那种地方。于是,我们慢慢悠悠往回走。他对我说他太高兴了,总算惩罚了他的情妇。我觉得他对我非常热情,心想这是一段快乐的时光。

远远我就望见萨拉马诺站在楼门口,一副焦躁不安的样子。等我们走近了,我才发现狗不在他身边。他四面张望,在原地打转儿,力图洞透黑魆魆的走廊,嘴里嘟嘟囔囔,说话断断续续,瞪圆了他那对小小的红眼睛,又开始搜索街道。雷蒙问他出了什么事,他没有立即应声。我隐隐约约听见他咕哝着骂道"混账东西,下流坯",他还继续瞎折腾。我问他,狗在哪儿呢。他呛了我一句,说狗跑掉了。接着,他又突然讲起来,滔滔不绝:"我还像往常那样,牵着狗去演习场。那里人很多,围着集市的木棚转悠。我停下来观看《越狱大王》,回头要走的时候,身边的狗不见了。不用说,我早就想给它买一副小一点儿的脖套。可是,我万万想不到,这个下流坯会悄悄溜走了。"

于是，雷蒙向他解释，狗可能迷了路，总还会跑回来的。他还列举了一些事例，说狗能从几十公里之外找到自己的主人。老头子听不进这种劝说，显得更加焦躁不安了。"其实，你们心里也明白，他们肯定要把狗抓走。若是有人收养就好了，但那是不可能的。它一身癞皮，谁见了都讨厌。警察会把它抓走的，准会是这样。"我对他说，可以去招领处看看，花点儿钱就能领回来。他又问花钱多不多。这我可不知道。于是他就发起火来："就为这个下流坯，还得花钱！哼！就让它死去吧！"接着他就又开骂了。雷蒙大笑着走进楼里。我紧随其后，到了我们这层平台便分了手。没过多大工夫，我听见老头子的脚步声，他来敲我的房门。我开了门，他一直站在门口，停了好一会儿才对我说道："请您原谅，请您原谅。"我请他进屋，他又不肯，目光只盯着自己的鞋尖，两只布满痂皮的手在颤抖。他没有面对我，向我询问："您说说看，默尔索先生，他们不会从我手里把狗夺走吧？他们会还给我吧？不然的话，我可该怎么活呢？"我告诉他，招领处对跑丢的狗会为主人保留三天，过期就由警察局自行处理了。他沉默不语，只是看着我，然后向我道了声"晚安"。他关上自家房门，我听见他在房中走来走去。他的床铺咯吱响了几下。一种细微而奇怪的声音从隔壁传出来，听得出他哭了，不知为什么我想到了妈妈。可是，明天我还得早起。我觉得不饿，没吃晚饭就睡下了。

## 五

雷蒙的电话打到我的办公室来,说自己的一个朋友(雷蒙曾向那位朋友提起过我)邀请我,去他在阿尔及尔附近的海滨木屋过个星期天。我回答说很想去,但是我已经有约在先,星期天陪女友度过。雷蒙当即表明,他的朋友也邀请我的女友,那位朋友的妻子会非常高兴,免得在一伙男人中间感到孤单了。

我本想马上挂了电话,因为我知道老板不喜欢有人从城里给我们打电话。怎奈雷蒙要我等一等,说他本可以到晚上再向我转达那位朋友的邀请,但是他另有件事要提前跟我说一声,这一整天,都有一伙阿拉伯人跟踪他,其中就有他那原先情妇的兄弟。"今晚你回家时,如果瞧见他在我们楼附近转悠,就告诉我一声。"我说那好办。

过了一会儿,老板派人来叫我,当即我就烦了,心想他又要对我说少打电话,好好工作。根本不是那码事儿。他明确说,要跟我谈一项还很模糊的计划,只想听听我对这个问题的看法。他有意在巴黎设立办事处,就地处理业务,直接同各大

## L'Étranger

公司打交道，因此，他想了解我是否愿意去那里工作。如果去的话，我就能在巴黎生活，每年还有时间出差旅行。"您年纪轻轻，我觉得您应该喜欢那种生活。"我说是啊，不过从内心深处，这对我来说无所谓。于是他就问我，我对改变生活是不是不感兴趣。我就回答说，人永远也谈不上改变生活，不管怎么说，什么生活都半斤八两，我在这里的生活，一点儿也不让我反感。老板的脸色不悦，他说我总是答非所问，还说我胸无大志，这样生活准砸锅。说完话，我又回去工作了。我实在不想拂他的意，但是我也看不出有什么理由要改变自己的生活。仔细想想，我还算不上不幸。记得上大学的时候，我也有过不少这类雄心壮志，但是不得不辍学之后，我很快就憬悟了，这一切并无实际意义。

晚上，玛丽来找我，问我是否愿意同她结婚。我说这对我来说无所谓，如果她愿意，我们可以结婚。于是她想要知道我是否爱她。我已经回答过一次，还是那句话：这毫无意义，但是我肯定不爱她。"那为什么还要娶我？"她问道。我向她解释这无关紧要，如果她渴望结婚，我们就结婚好了。况且，是她提出要结婚，我仅仅说了声"行啊"。她便指出，结婚是一件人生大事。我反驳说："不是。"她半晌没讲话，默默地注视着我。继而，她又开口了，说她只想知道，如果换了另外一个女人，跟我有同样亲密的关系，也提出同样的建议，我是否会接受。我说："当然会接受了。"于是她心里琢磨起来，她是否爱我，而她怎么想的，我就不得而知了。她再次沉默片刻，然后喃喃说道，我是个怪人。无疑正因为这一点，她才爱我，但是有朝一日，也许出于同样的原因，我又会让她讨厌了。看我沉默无语，她不再说什么，微笑着挽住我的手臂，声称她愿意跟我结婚。我回应说，她什么时候愿意，我们就什么时候结婚。我又顺便提起老板的建议，玛丽就对我说，她真希望去见识见识巴黎。我告诉她，我在巴黎生活过一段时间。她当即问我怎么样。我就对她说："很脏，有很多鸽子，黑乎乎的院子。居民都是白皮肤。"

接着，我们就出去散步，沿着大街穿越城区。街上的女人很漂亮。我问玛丽注意到了没有。她说注意到了，也能够理解我。我们一时不再说话了。然而，我想让她留下来陪我，对她说我们可以去塞莱斯特饭馆一起吃晚饭。她倒很想去，但是有事儿。我们走到我的住所附近，我对她说再见。她瞧着我，问道："你就不想知道我有什么事儿吗？"我挺想知道，但是没有想到要问她，这让她流露出责怪我的神情。她见我的样子颇为尴尬，又咯咯笑起来，整个身子靠近，送上亲吻。

我到塞莱斯特饭馆吃晚饭，已经开始吃上了，看见进来一个奇怪的矮小女人，她问我可否坐在我这桌。她当然可以坐下。她那张小圆脸跟苹果似的，两只眼睛炯炯有神。她的动作急促而不连贯，脱下收腰上衣，一坐下就急匆匆翻看菜谱。她叫来塞莱斯特，立刻点了她所要的菜，声音既清亮又急促。她等冷盘的工夫，打开手提包，取出一小张纸和一支铅笔，把饭钱先算好，接着从小钱包里如数拿出钱来，再加上小费，全摆到她面前。这时，冷盘端上来了，她三口并作两口，快速吞下去。趁着等下一道菜的工夫，她又从手提包掏出一支蓝铅笔、

## L'Étranger

一本预报广播节目的周刊,十分仔细地阅读起来,几乎将所有节目都一一做了记号。周刊有十来页,她用餐的全过程,一直细心地做这件事。我已经吃完饭了,她仍旧在认真地做记号。最后她站起身,动作还是那样机械而准确,又穿上收腰上衣走了。我无事可干,也离开饭馆,在她身后跟了一阵。她走在人行道的边缘,步子极快又极其平稳,头也不回,径直往前赶路。我终于失去她这个目标,又原路走回来,心想她那个人真怪,但是很快就把她置于脑后了。

我走到家门口,碰见萨拉马诺老头。我请他进屋,从他的口中得知他的狗丢失了,因为不在招领处。那里的职员对他说,狗也许被车给轧死了。当时他还问,如果挨个警察分局去找,是否能打听到,人家回答说,这种事儿天天发生,不会记录在案。我就对萨拉马诺老头说,何不再养一条狗。但是他提请我注意,这条狗他已经带习惯了,他这么讲也在理。

我就蹲在床铺上,萨拉马诺则坐在桌前的椅子上。他面对着我,两只手扶着双膝,头上还戴着那顶旧毡帽,发黄的小胡子下面的口中,咕哝出不成语句的话。我听着有点儿烦了,但我无事可干,还一点儿不困。我就找话说,问他狗的事儿。他对我说,妻子死了之后,他就养起这条狗。他结婚相当晚,年轻时一心想搞戏剧——他在部队上,总参加军队歌舞团的演出。最终,他进了铁路部门,但并不后悔,因为现在他能拿一小笔退休金。他跟妻子一起生活并不幸福,但总体来说,跟她过日子也习惯了。妻子一死,他感到非常孤单,于是跟同车间的伙伴要了一条狗。当时还是一只小狗崽儿,要用奶瓶喂食。

由于狗比人寿命短，它就跟主人一起老了。萨拉马诺对我说："这条狗脾气很坏，我和狗时常吵起来。不过，它还算一条好狗。"我说它是一条良种犬，萨拉马诺听了面露喜色。"而且，您还未见过它患病之前的样子呢，"他补充道，"那时，它的皮毛漂亮极了。"自从这条狗患上了皮肤病，每天早晚两次，萨拉马诺都给它涂药膏。可是据他说，狗的真正疾病是衰老，而衰老是无药可医的。

这时，我打了个哈欠，老头子就说他要撤了。我对他说可以再待一会儿，反正他的狗出了事，闹得我的心也挺难受的，他向我表示感谢。他还对我说，我妈妈就很喜爱他的狗。提到我妈妈时，他称她为"您那可怜的母亲"。他推测我妈妈死后，我一定非常痛苦，我没有应声。于是他有点儿尴尬，话说得很快，他告诉我，本街区的人对我把妈妈送进养老院这件事的看法很不好，但是他了解我，知道我很爱妈妈。现在我也不知道为什么，当时我会那样回答，我说我此前根本不知道在这件事情上，别人对我的看法那么坏，而我认为送妈妈进养老院是很自然的事，既然我雇不起人照顾妈妈。我还补充道："况且，她早就跟我没什么话可说了，独自一人整天很烦闷。""对呀，"萨拉马诺说，"到了养老院，至少还能找到些伴儿。"然后，他起身告辞，想要回去睡觉。现在，他的生活发生了变动，就不知道自己该怎么办了。自从我认识他以来，这是他第一次把手伸给我，动作畏畏缩缩，我感觉到了他手上的痂皮。他挤出点儿微笑，临走还对我说道："但愿今天夜晚，所有的狗都别叫唤，我听见总以为那是我的狗。"

## 六

星期天,我怎么也睡不醒,还得玛丽叫我,摇醒我。我们没有吃饭,就是想赶早去游泳。我感到脑子一片空白,头也有点儿疼,连抽支香烟都觉得味儿苦。玛丽还笑话我,说我是"一副吊丧的嘴脸"。她身穿一件白布连衣裙,头发披散开。我就对她说,她真漂亮,她欢喜得咯咯笑起来。

临下楼时,我们过去敲了敲雷蒙的房门。他应声说马上下去。来到街上,由于疲惫,也因为我们睡觉时没有打开百叶窗,一到已经充满阳光的户外,强光袭来,如同打了我一记耳光。玛丽高兴得欢跳起来,不住嘴地说天气真好。我感觉好受了些,这才发觉肚子饿了。这话我跟玛丽说了,她就指给我看她的漆布提包,她在里面装了我俩的游泳衣和一条浴巾。我只好等待了。我们听见雷蒙关门的声响。他穿了一条蓝裤子、一件短袖白衬衫,不过,他戴的那顶扁平狭边草帽,引得玛丽笑起来。他的两条小臂肌肤很白,布满了浓黑的汗毛,我见了有点儿厌恶。他下楼时还吹着口哨,那神情很高兴。他对我说

L'Étranger

他穿了一条蓝裤子、一件短袖白衬衫，不过，他戴的那顶扁平狭边草帽，引得玛丽笑起来。

"你好，老弟"，称呼玛丽为"小姐"。

昨天，我们去了警察局，我做证说那女人"冒犯"了雷蒙。雷蒙只受了一次警告，就算完事了。警察没有进一步核实我的证词。在楼门口，我们跟雷蒙谈起了这件事，紧接着我们决定去乘公共汽车。海滩不算太远，但是乘车去更快些。雷蒙认为我们早早到达，他那位朋友会很高兴。我们刚要走，雷蒙却突然打了个手势，让我们瞧马路对面。我看见一伙阿拉伯人背靠着烟铺的橱窗，站在那里默默注视着我们，不过是以他们特有的方式，好像只当我们是石头或者枯树。雷蒙告诉我，从左数第二个人就是那家伙，他随即面露忧虑的神色，但他又补充一句："这件麻烦事，按说现在已经了结了。"玛丽听不大明白，就问我们是怎么回事儿。我告诉她，那伙阿拉伯人恨雷蒙。她就要我们赶紧离开。雷蒙挺了挺胸，笑着说是该快点儿走了。

离车站还挺远，我们走过去。雷蒙告诉我，那伙阿拉伯人没有跟上来。我回头望了望，他们果然在原地未动，仍然若无其事地看着我们刚刚离开的地方。我们上了公共汽车。看来雷蒙完全放松了，他不断地跟玛丽开玩笑。我能感觉出来，他喜欢玛丽，而玛丽却不怎么搭理他，只是不时地笑着瞧他一眼。

我们在阿尔及尔郊区下车，离海滩不远了，但是必须爬过一小块俯临大海、斜坡倾向海滩的高地。高地由已经蓝得晃眼的天空衬托，布满发黄的石头，开满雪白的阿福花。玛丽兴致勃勃，抡起漆布提包，扫得花瓣纷纷飘落。我们走在一排排小型别墅之间，两侧的栏杆漆成绿色或白色，有几幢连同阳台隐没在柽柳丛中，另一些则裸露在乱石中间。还未走到高地的边

51

缘,就已经望见波平浪静的大海了,还能望见远处躺在清澈水中打瞌睡的一个巨大岬角。在静谧的空气中,一阵轻微的马达声一直传到我们耳畔。眺望波光粼粼的远海,只见一艘小小的拖网渔船在行驶,缓慢得难以觉察。玛丽采撷几朵鸢尾花。我们下坡走向海边,看到已经有几个人下海游泳了。

雷蒙的朋友所住的小木屋,坐落在海滩的尽头。木屋背靠石崖,屋前打的支撑木桩已经浸在海水中了。雷蒙把我们介绍给他的朋友。那人名叫马松,身材魁伟,膀阔腰圆。他妻子个头儿却很矮,身子圆滚滚的,那样子和蔼可亲,说话带巴黎口音。马松让我们随便些,说他这天早晨钓了一些鱼,已经过油炸好了。我对他说,觉得他的房子漂亮极了。他告诉我,每逢星期六、星期天,以及所有节假日,他都来这里度过。他还补充了一句:"你们同我妻子会合得来的。"果不其然,他妻子已经同玛丽有说有笑了。这时,我还真萌生了要结婚的念头,这也许是我有生以来头一次。

马松要下水了,但是他妻子和雷蒙还不想跟来。我们三人走下海滩,玛丽立刻扑进水里。马松和我,我们又略等了一会儿。他讲话慢吞吞的,我发现他有句口头禅,无论说什么,总要补上一句"我甚至还要说",即使他补充的话,其实并没有什么新意。例如关于玛丽,他对我说:"她可真出众,我甚至还要说,非常迷人。"过了一阵儿,我就不再注意他这句口头禅了,只顾感受晒着阳光有多么舒服。沙子开始烫脚了。我又忍耐了一会儿想下水的渴望,终于对马松说:"下水好吗?"我一个猛子扎进水中。他一点点往水里走,直到站立不稳才扑进去。他游蛙泳，技术相当差，我只好丢下他，去同玛丽会合。海水清凉，我游得很开心。我和玛丽越游越远，我们动作协调一致，共享畅游的乐趣。

游到宽阔的海面时，我们便仰浮在水上，我面向天空，而阳光拨开在我嘴边流动的最后几片水帘。我们望见马松回到海滩，躺着晒太阳了。远远望去，他真是个庞然大物。玛丽想和我一起游泳。我就到她身后，抱住她的腰，她甩动手臂奋力往前游，而我则协助用双脚击水。轻轻的击水声，伴随我们一上午，直到我觉得累了。于是，我放开玛丽，往回游去，恢复正常姿势，呼吸也就顺畅了。上了海滩，我俯卧在马松的身边，脸埋在沙中。我对他说"真舒服"，他也有同感。不大工夫，玛丽也来了。我侧过身去，注视她走过来。她浑身还黏附着海水，长发抛在身后。她靠着我并排躺下，而我，笼罩在她的身体和太阳这两种热气中，悠悠睡了一会儿。

玛丽摇醒我，说马松回屋了，该是吃午饭的时候了。我立刻站起身，只因我确实饿了；可是，玛丽却对我说，从早上起到现在，我还没有拥抱亲吻她呢。的确如此，其实我一直想吻她。"来吧，下水。"她对我说道。我们跑过去，扑进刚涌来的细浪中，蛙泳游了几下，她就贴到我身上。我感到她的两条腿缠住了我的腿，当即对她产生了欲望。

我们赶回来的时候，马松已经在喊我们了。我说我饿极了，他就立刻向他妻子表明，他喜欢我这样。面包很好吃。我狼吞虎咽，吃掉我那份炸鱼。接下来还有肉和炸土豆条。吃饭时，大家谁也没有说话。马松频频喝着葡萄酒，还不断地给我

## L'Étranger

斟。到了喝咖啡的时候,我的头有点儿昏沉,就一连抽了好几支烟。马松、雷蒙和我,我们打算共同出钱,八月份就在海滩一起度过。玛丽突然对我们说道:"你们知道现在几点钟了吗?十一点半。"我们所有人都深感诧异,不过马松却说,饭吃得很早,这也很自然,肚子饿了,就是吃饭的时间。我不知道为什么,这话引得玛丽笑起来。现在想来,她那是酒有点儿喝多了。马松问我,是否愿意陪他去海滩散步。"午饭后,我妻子总要睡一觉。我呢,不喜欢睡午觉。我得出去走走。我总跟她说,饭后活动活动有益于健康。不过,这毕竟是她的权利。"玛丽明确表示要留下,帮助马松太太收拾餐具。矮个儿巴黎女人便说,这样的话,就必须把男人赶出去。于是,我们三个男人就都出来了。

烈日当空,几乎直射沙滩,海面上强烈的反光十分晃眼。海滩上空无一人。从布列在俯临大海的高地周边的一间间木屋里,传出一阵阵杯盘刀叉的声响。从地面熏蒸而起的石头热气,逼得人呼吸困难。开头,雷蒙和马松聊的人和事,都是我不了解的,从而我明白,他们俩相识已久,甚至在一起生活了一段时间。我们朝海走去,沿着水边散步。有时,一道细浪冲得远些,打湿了我们的布鞋。我什么也不考虑,只因我没有戴帽子,让太阳晒得昏昏欲睡。

这时,雷蒙对马松说了句什么,我没有听清楚。不过,与此同时,我看见在海滩的另一头,离我们很远,有两个身穿司炉蓝工装服的阿拉伯人,朝我们方向走来。我瞧了瞧雷蒙,他就对我说:"正是他。"我们继续散步。马松问他们怎么一直跟踪到这儿来了。我想他们一定是看见我们拎着海滩用品提包上了车,但是我什么也没有说。

那两个阿拉伯人缓步往前走,离我们已经相当近了。我们没有改变步伐,但是雷蒙交代我们:"万一动起手来,你,马松,你去对付第二个家伙。我呢,就收拾我那个对头。你呢,默尔索,如果再来一个,就交给你了。"我说:"好吧。"马松两手插进裤兜里。沙子灼热,现在我就觉得跟烧红了似的。我们步伐沉稳,走向阿拉伯人。我们之间的距离逐渐缩短。等双方只差几步远了,阿拉伯人停下脚步。马松和我脚步也放慢了。雷蒙径直走向他的对头。我听不清楚他对那人说了什么,那人抬手照雷蒙的头要给一拳,雷蒙却抢先下手,并且立即招呼马松。马松冲向指定给他的那个人,使足了劲儿,两个重拳打出去。那个阿拉伯人便倒在水中,脸朝下待了几秒钟,冒到水面的气泡在他的脑袋周围破灭。这工夫,雷蒙也大打出手,打得对手满脸出血。雷蒙回身对我说了一句:"瞧着他会拿出什么家伙。"我冲他喊道:"当心,他拿了把刀!"还未等雷蒙有所反应,他的胳膊就给划开了,嘴巴也给划破了。

马松一个箭步冲上去,不料另一个阿拉伯人已经爬起来,躲到手持凶器的人身后。我们不敢动弹。他们慢慢后撤,眼睛始终盯住我们,用刀威慑。我们不敢轻举妄动。他们看到拉开了相当大的距离,便转身飞快逃掉,而我们仍然定在太阳底下,雷蒙紧紧握住还在滴血的手臂。

马松立刻说道,正巧有一位大夫,每星期天都来这里度过,就住在高地上。雷蒙想马上去见大夫,可是他一开口说话，伤口就流血，弄得满嘴血沫。我们搀扶着他，先尽快回到木屋里。到了屋里，雷蒙说他的伤口很浅，能够去看大夫。马松陪他去了，我留下来向两位女士解释所发生的事情。马松太太流下眼泪，玛丽也脸色煞白。向她们解释这事儿，我也挺烦的，所以干脆沉默不语，望着大海抽烟。

约莫一点半时，雷蒙同马松回来了，他手臂包扎了绷带，嘴角贴上了橡皮膏。大夫告诉他轻伤没什么，但是雷蒙脸色很难看。马松还试图逗他笑，可他就是一声不吭。过了一会儿，他说下去到海滩走走，我问他去哪儿，他回答说只想出去透透气。马松和我都表示要陪他出去。他一听就火了，不干不净地骂了我们。马松直言千万别违拗他，然而，我还是跟着他出去了。

我们在海滩上走了很久。现在烈日炎炎，照在沙滩和海面上，碎成无数闪亮的金块。我感觉雷蒙知道要去哪儿，不过，这恐怕是错误的印象。我们一直走到海滩尽头，绕过一大块岩石，终于来到岩石后面在沙地流淌的一小股泉水边。我们就在那儿找见了那两个阿拉伯人。他们穿着油污斑斑的司炉蓝工服装，躺在地上，那神态完全平静下来了，甚至带几分喜色。我们的出现，丝毫没有改变那种局面。用刀伤了雷蒙的那个家伙一声不吭，眼睛盯住雷蒙。另一个家伙则用眼角余光瞟着我们，同时不停地吹着一个小芦苇哨子，反反复复只发三个音。

这段时间自始至终，只有阳光和这种寂静，以及泉水淙淙和芦苇哨子的三个音。继而，雷蒙伸手插进放手枪的兜里，但对方还是一动不动，他们一直四目对视。我注意到吹芦苇哨子的那小子脚趾劈得特别开。这时，雷蒙目光没有离开对方，问了我一句:"我该撂倒了他吗?"我心里合计,我若是说不,他反而不听那一套,一发火准会开枪。我只是对他说:"他连话还没有对你说,这样就开枪,会显得有点儿卑劣。"在这寂静和炎热的中心,还能听见淙淙的水声和芦苇的哨音。"那好,我就辱骂他,等他一回嘴,我就把他撂倒。"我回答说:"就要这样。不过,他要是不拔出刀来,你也不能开枪。"雷蒙开始有点儿恼火了。另一个小子一直吹芦苇哨,两个人都注意观察雷蒙的一举一动。"不行,"我对雷蒙说道,"你还是得跟他单挑,把你的手枪给我。如果另一个上手,或者这个拔出刀来,我就把他一枪撂倒。"

雷蒙把手枪给我的时候,阳光在枪上晃了一下。然而,双方仍然待在原地不动,就仿佛我们周围的一切封闭起来了似的。我们相互对视,谁也不肯垂下眼睛,这里的一切全停顿下来,停在大海、沙滩和阳光之间,停在芦苇哨和泉水的双重寂静之间。此刻我想到,可以开枪,也可以不开枪。这时,两个阿拉伯人猛然往后退,一下子溜到大岩石后面去了。于是,雷蒙和我原路返回。他的情绪显得好些了,还提起回城的公共汽车。

我陪伴他一直走到木屋,在他上木阶梯时,我却停在最下面的台阶上,脑袋让太阳晒得嗡嗡作响,看着眼前要吃力登上的木阶梯,想到上去还要吃力地应付两位女士,就不免气馁了。可是酷热难耐,刺眼的阳光雨注一般从天而降,站在原地不动同样难受。待在原地还是走开,反正是一码事儿。迟疑片刻,我又掉头走向海滩。

海滩也是红彤彤的,阳光耀眼,大海气喘吁吁,呼吸急

## L'Étranger

促，细浪爬上沙滩。我缓步走向岩石，顶着太阳，只觉得脑门儿发涨。全部暑热都扑向我，阻止我往前走。每次感到热风袭面而来，我就咬紧牙关，握紧插在裤兜里的拳头。我全身绷紧，以便战胜太阳，战胜太阳倾注给我的这种参不透的醉意。从沙砾上，从变白的贝壳上，从碎玻璃上，每投出一把光剑来，我的牙关都不由得紧咬一下。我就这样走了许久。

我还远望见岩石下有一小片幽暗之地，周围由阳光和海上尘雾所形成的耀眼光晕笼罩。我想到岩石后面清凉的泉水，渴望再次聆听淙淙的流水，渴望逃避太阳，逃避费神以及女人的哭泣，渴望再次找到阴凉处休息。可是，我走近时却看到雷蒙的对头又回来了。

他独自一人，双手放在脖颈下面，躺在那里休息，额头置于岩石的阴影里，而全身晒着太阳。他那身司炉蓝工装服冒着热气。我颇感意外。对我而言，这件麻烦事已经了结，我连想也没有想就来到这里。

他一看见我，就微微欠起身，手插进兜里。而我呢，放在外衣口袋里的手，也自然而然握紧雷蒙的手枪。这时，他又仰身倒下，但是手没有从兜里抽出来。我离他比较远，有十来米。我不时猜测他半眯缝着的眼神。不过，他那副形象，总在我眼前、在燃烧的空气中舞动。海浪的声音，比起中午来，更加懒散，更加平稳了。在这里依旧延伸的沙滩上，太阳依旧，光焰依旧。白昼已经有两个小时不再进展，两个小时抛了锚，固定在一片沸腾着的金属海洋中。远远驶过一艘小轮船，我是从我的视觉余光的小黑点推测的，因为我正眼一直紧盯着那个阿拉伯人。

我心中暗想，只要我掉过头去，就万事大吉了。然而，一整片在烈日下颤动的海滩，从我身后拥来。我朝泉水走了几步。那个阿拉伯人没有动弹。不管怎么说，相距还挺远。也许是他脸上阴影的效果，他那样子似乎在笑。我仍在等待。太阳烧灼着我的面颊，我感到汗滴聚在我的眉眼上。还是我安葬妈妈那天的大太阳，还像那天一样，我的额头特别难受，肌肤下的脉管都一齐跳动。正是由于我再也忍耐不了的灼热，我又朝前动了动，我知道这种动作很愚蠢，挪动一步也躲避不了太阳。然而，我就是跨近一步，仅仅一步。这回，那个阿拉伯人虽未起身，却抽出了刀，在阳光中对我晃了晃。钢刀反射的阳光，犹如闪亮的长刃刺中我的脑门儿。与此同时，聚在眉头的汗水一下子流到眼皮上，形成一道厚而温暖的水帘，遮住了我的双眼。在这道汗水和盐的帘幕后面，我的眼睛完全花了，只觉得太阳好似铙钹一般扣到我的头顶上，那把刀射出的闪光利刃，影影绰绰，一直在我面前晃动。这把灼热的利剑损坏我的睫毛，刺入我疼痛的双眼。恰巧这时，天地万物都摇晃起来。海洋呼出一股厚重而滚烫的气息。天穹也好像整个儿开裂，降落下天火。我的周身绷紧了，手紧紧抓住那把枪。不觉扳机扣动了，我触碰到了枪柄上光滑的扳机圆洞，正是触碰那儿，在震耳欲聋的一声脆响中，一切都开始了。我一下子抖掉了汗水和阳光。我明白自己打破了这一天的平衡，打破了海滩异乎寻常的寂静，打破了我曾觉得幸福的平衡和寂静。接着，我对着那不动的躯体又连开四枪，子弹打进去而没有穿出来。这正如我在厄运之门上急促地敲了四下。

L'Étranger

我对着那不动的躯体又连开四枪,子弹打进去而没有穿出来。这正如我在厄运之门上急促地敲了四下。

# 第二部

一

我被捕之后，立即接连几次受审。但是，审讯时间都不长，只为查清身份。第一次是在警察分局，我的案子似乎没人感兴趣。八天之后，情况则相反，预审法官打量着我，显得很好奇。不过，他也只是问了我的姓名和住址、我的职业、我的出生日期和出生地。随后，他想了解我是否选定了律师。我承认没有，并且问他是不是非得请律师。他说："为什么这样问？"我回答说，我认为自己的案子非常简单。他微微一笑，说道："这是一种看法。然而，法律就是法律。如果您不找律师，我们就会给您指派一位。"我认为这样就太方便了，连这些具体问题司法机关都负责给解决。我向他说了这种想法，他也赞同，并得出结论，法律制定得很完善。

起初，我并没有认真对待他。他接待我的房间拉着窗帘，只有办公桌上点着一盏灯，灯光对着他让我坐的扶手椅，而他本人则坐在暗地儿里。我在书里读过类似的描写，觉得全都是做戏。谈完了话，我端详了他，看到的是一个面目清秀的人，

L'Étranger

我被捕之后，立即接连几次受审。但是，审讯时间都不长，只为查清身份。

一双深陷的蓝眼睛，个头儿很高，蓄留长长的灰胡须，一头浓发几乎花白了。他的面部肌肉不时因神经性抽搐而拉动嘴角。尽管如此，他给我的印象是个非常通情达理的人，总之善气迎人。我走进审讯室的时候，甚至想要同他握手，但是我及时想起我还有命案在身。

第二天，一位律师来狱中探视。他是个矮胖子，还相当年轻，精心梳理的头发贴在头皮上。天气很热（我没有穿外衣），他却穿一身深色正装，戴上活动硬折领，扎的领带也很奇特，是黑白相间的粗条纹花色。他把腋下夹的公文包放到我的床上，做了自我介绍，对我说他研究了我的案卷。我这案子很棘手，但是，如果我信任他的话，他不怀疑能够胜诉。我向他表示感谢，他对我说："现在就谈谈问题的要害。"

他坐到我的床上，向我解释说，他们已经调查了我的私生活，了解到我母亲在养老院去世不久。于是，他们又去马朗戈做过一次调查。预审法官们都获悉，妈妈葬礼那天，我"表现出了无动于衷的态度"。"要知道，"我的律师对我说道，"像您这种情况，我实在有点儿难以启齿，但是这又非常重要。如果我找不出理由答辩，这就将成为指控您的一个重要证据。"他希望我能协助他。他问我，那天我是否感到难过。听到这样一问，我十分惊讶，如果是我不得不提出这个问题，我都会感到非常尴尬。不过我还是回答说，我多少丧失了扪心自问的习惯，很难向他提供这方面的情况。自不待言，我很爱妈妈，但是这并不能表明什么。所有精神正常的人，都或多或少盼望过自己所爱的人死去。说到这里，律师当即打断我的话，他显得非常焦躁。他让我保证,无论到法庭上,还是在预审法官那里,都不要讲这种话。可是,我却向他解释道,我天生如此:生理的需要往往会扰乱我的情感。安葬妈妈那天,我疲惫不堪,又非常困倦,也就没有留意当时发生了什么情况。我所能肯定说的,就是我真不愿意妈妈死了。但是,我的律师还是一脸不高兴。他对我说:"这样讲还不够。"

他思考了一下,问我可不可以说,那天我控制住了自己的自然感情。我就对他说:"不可以,因为是假话。"他以古怪的方式看着我,就好像我引起他几分反感。他几乎幸灾乐祸地对我说,不管怎样,养老院院长和工作人员都会作为证人到法庭上做证,这可能将我置于一种"极难堪的境地"。我则提请他注意,这件事情跟我的案子无关,而他仅仅反驳了我一句,显然我从未跟司法机构打过交道。

他走时面带愠色。我很想留下他,向他说明我渴望得到他的同情,但不是为了获取他更好的辩护,而是……可以这么说,而是自然而然的事情。尤其是我看出来,我让他很不自在。他没有理解我的意思,对我产生了一点儿怨恨。我真想明确告诉他,我跟所有人一样,跟所有人绝对一样。然而,费一番口舌,其实没有多大用处,我也懒得讲,干脆放弃了。

过了不久,我又被带去见预审法官。这次是下午两点钟,他的办公室只拉着薄纱窗帘,满室通明透亮。天气很热。他让我坐下,彬彬有礼地向我说明,我的律师"因临时有事",未能前来。但是,我有权不回答他提出的问题,等我的律师在场时再回答。我说我可以独自回答。他用手指按了按桌上的一个电钮。一个年轻的书记员来了，差不多就坐到我的身后。

预审法官和我，我们两人都端坐在扶手椅上。开始审讯了。他首先对我说，按照别人的描述，我是个性格内向、少言寡语的人，他想了解对此我有何想法。我回答说："事出有因，我从来没有什么重要的话要讲，于是就保持沉默。"他还像上次那样，微微一笑，承认这是最好的理由，随即又补充了一句："况且，这也无关紧要。"预审法官住了口，瞧了瞧我，接着，颇为突然地挺了挺身，语速极快地对我说："我所感兴趣的，是您这个人。"我不太理解他这话是什么意思，也就没有应声。他又说道："在您的行为中，有些事情匪夷所思。我相信您会说透，帮助我理解。"我说一切都很简单。他催促我向他复述一遍我那一天的情况。于是，我向他复述了我已经讲过的全过程：雷蒙、海滩、海水浴、殴斗，又是海滩、小泉水、烈日，以及打出的五发子弹。我每讲一句，他都说："好的，好的。"我说到横躺在地上的尸体时，他附和一声："好。"而我呢，实在厌烦这样重复讲述同一故事，就觉得我从未讲过这么多话。

沉吟片刻之后，他站起身，对我说道，他想要帮助我，说我引起他的兴趣，再加上有上帝保佑，他就能为我做点儿事情。不过，他还先要向我提几个问题。他开门见山，问我是否爱妈妈。我说："爱呀，跟所有人一样。"此前，书记员打字一直很有节奏，这时一定是按错了键盘，不免有些慌乱，只得倒回来重打。预审法官所问的事，表面上始终没有逻辑关系，他又问我是否连续开了五枪。我想了想，明确说先头我只开了一

## L'Étranger

枪,过了几秒钟,又开了四枪。于是他问道:"您开了一枪之后,为什么等了一会儿才打第二枪呢?"那一片火红的海滩,再一次展现在我眼前,我感到额头让太阳晒得火辣辣的。不过这回,我什么也没有回答。接着冷场了,这工夫预审法官显得有些烦躁。他又坐下,抓了抓头发,臂肘支在办公桌上,身子微微倾向我,一副怪怪的样子:"为什么,为什么您朝地上的横尸开枪呢?"这个问题,我还是无从回答。预审法官双手捂住脑门儿,声音有点儿变调,又重复他的问题:"为什么?您必须告诉我。为什么?"我始终沉默不语。

他霍地站起身,大步走向办公室的另一头,从文件柜上拉出一个抽屉,取出一只银质耶稣受难十字架,高举着返身走向我。他的声调完全变了,几乎发颤,提高嗓门儿问道:"这个,您可认得?"我回答:"认得,当然认得。"于是他急速地、满怀激情地对我说,他信仰上帝,坚信无论什么人,也不管罪恶有多大,总能得到上帝的宽恕,但是为此目的,人就必须通过悔罪,又复归童年状态,心灵空虚纯净了,准备迎接一切。他整个身子都俯在桌子上,几乎就在我的头顶摇晃着耶稣受难十字架。老实说,他这番论证,我的思想很难跟得上,首先因为热得很,他办公室里又有几只大苍蝇,不时落到我脸上,同时还因为他那样子让我有点儿怕。我也承认这未免可笑,因为归根结底,我才是罪犯。他仍然滔滔不绝。我差不多听明白了,在他看来,我的供词只有一处模糊不清,即我等了片刻才开第二枪这个事实。其余的情节,都很清楚,唯独这一点,他搞不明白。

局外人

他霍地站起身,大步走向办公室的另一头,从文件柜上拉出一个抽屉,取出一只银质耶稣受难十字架,高举着返身走向我。

## L'Étranger

　　我正要对他说，他不该抓住一点不放，最后这一点并不那么重要。但是他打断了我的话，整个儿挺直了身子，最后一次劝告我，问我是否信仰上帝。我回答说不信。他气呼呼地坐下来，对我说这不可能，人人都相信上帝，即使是那些背弃上帝的人。这正是他的信念，一旦对此有所怀疑，那么他的生活就再也没有意义了。他高声诘问："您就想要我的生活丧失意义吗？"依我之见，这事与我无关，我把我的想法对他讲了。可是，他隔着办公桌，将十字架上的基督像送到我眼下，毫不理智地嚷道："我，我可是基督教徒。我请求基督宽恕你的过错。你怎么能不相信他是为你而受了苦呢？"我明显地注意到，他用"你"来称呼我了，但是我已经听烦了。房间里越来越热了。我还一如既往，渴望摆脱一个我不想听他说话的人，就装出同意的样子。令我深感意外的是，他立刻欢欣鼓舞，说道："你瞧，你瞧，你相信上帝，要向上帝讲心里话，对不对呀？"自不待言，我再次说了"不"。他一屁股又跌坐到椅子上。

　　他那神情十分疲惫，半晌沉默不语，而打字机没有跟上谈话，一直没有停，还继续打出最后几句话。继而，他凝视了我片刻，神色里透出一点儿伤感。他喃喃说道："像您这样冥顽不化的灵魂，我还从未见过。罪犯来到我的面前，看到这个受难像，总要痛哭流涕。"我正要回答，恰恰因为他们是罪犯，但是转念又一想，我也是罪犯，跟他们一样。这种念头，我实在无法适应。这时，预审法官站起身，仿佛示意审讯结束了。他还是同样有点儿厌烦的神态，只问我是否悔恨自己的行为。我想了想，回答说算不上悔恨，倒是在一定程度上厌烦了。我觉得他没有听明白我的话。但是那天，事情就再也没有进展了。

　　后来，我经常面见预审法官，不过每次都由我的律师陪同。谈话也局限于跟我核对我先前几次供词中的一些疑点，再就是预审法官同我的律师讨论控告我的罪名。不过老实说，在这种时候，他们从来就不把我放在心上。不管怎么说，审讯的口气逐渐变了，我感到预审法官对我没有兴趣了，他已经把我的案子以某种方式归类了。他不再向我提上帝，我再也没有见到他像头一天那样冲动。结果便是我们的谈话变得更加亲热了。提几个问题，同我的律师谈一谈，一次次审讯就这样结束了。拿预审法官的话来说，我的案子进展正常。有时候谈到一般性问题，也让我参加讨论。我的心情开始轻松了：在这种时刻，谁对我都没有恶意。一切都显得那么自然，那么按部就班，表演得那么有板有眼，我甚至产生了"亲如一家"的可笑印象。预审持续了十一个月之久，可以说在这期间，我几乎感到惊讶的是，让我高兴的事没有别的，只有那么几次屈指可数的瞬间，预审法官把我送到他的办公室门口，拍拍我的肩膀，亲热地对我说一句："今天就这样吧，反基督先生。"随即重又把我交到警察手里。

## 二

有些事情，我从来就不愿意提起。我入狱没过几天就明白了，事后我不喜欢提及这段经历。

过了些日子，我就觉得这种厌恶情绪实在无足挂齿。其实最初几天，我还算不上真正坐牢：我隐隐约约在等待发生什么新的事件。直到玛丽第一次，也是唯一一次来探视，完全意义的监狱生活才开始。从我收到她信的那天起（她在信上告诉我，只因她不是我的妻子，就不准她再来探监了），从那天起，我才感到牢房就是我的家，我的生活就停留在这里了。我被捕的那天，先是把我关进一间大牢房，里面已经关了好几名囚犯，大部分是阿拉伯人。他们看见我，都嘻嘻哈哈笑起来，随后就问我犯了什么事。我说打死了一个阿拉伯人，他们就都不吱声了。过了一会儿，天就黑下来了，他们倒是向我解释如何铺睡觉的席子，将席子一端卷起来，就能当枕头用了。整整一夜，臭虫都在我的脸上爬来爬去。过了几天，就把我换进单人牢房，睡木板床，还配备一只木质马桶和一个铁脸盆。监狱建

## L'Étranger

在城市的制高点，从一扇小铁窗，我能够望见大海。有一天，正巧我抓住铁窗的柱子，扬着脸张望有阳光的地方，一名看守走进来，对我说有人来探视。我想准是玛丽。果然就是她。

要到探视室，先得穿过一条长长的走廊，接着上楼梯，再穿过另一条走廊。我走进一个特别宽敞的大厅，由一扇大窗户射进来的阳光照得非常明亮。横着安了两道大栅栏，将大厅隔成三段，栅栏之间相距八到十米，把探监者与囚犯隔开。我看见玛丽就在我的对面，她身穿带条纹的连衣裙，那张脸晒成了棕褐色。我旁边还有十来名囚犯，大多是阿拉伯人。玛丽那边也都是摩尔女人，身边探视的两个人，一个是矮小的老太婆，穿着一身黑袍，紧紧抿住嘴唇；另一个是没戴头巾的胖女人，说话嗓门儿很大，伴随着各种手势。由于两道铁栅栏相隔较远，探视者和囚犯说话，都不得不大声叫喊。我一走进大厅，就听见一片嘈杂声，在光秃秃的四面大墙壁之间反响回荡，而从天空直泻到玻璃窗上的强烈阳光，又反射到大厅里，一时间我感到头昏眼花。我的单人牢房要安静得多，也昏暗得多。过了好几秒钟，我才开始适应。最终，我还是看清了突显在明晃晃的阳光中的每一张脸。我注意到在两道铁栅栏之间，靠过道一侧坐着一名看守。阿拉伯囚犯和探视他们的家人，大部分都面对面蹲着，这些人说话就不叫喊。尽管周围一片嘈杂声，他们低声对话彼此照样听得见。他们低沉的话语声，从低处响起，形成持续不断的低音部，汇入在他们头顶上交错回环的谈话声浪中。所有这一切，全是我朝玛丽走去的工夫快速观察到的。她的身子已经紧紧贴在铁栅栏上，竭尽全力冲我微笑。我觉得她非常美，但是我不知道该如何向她表明。

"怎么样？"她高声问我。"怎么样，就这样呗。""你还好吧？什么也不缺吧？""还好，什么也不缺。"

我们住了声，玛丽一直在微笑。那个胖女人也一直冲着我身边人喊叫。这个目光坦诚、金发高个子的家伙，一定就是她丈夫了。他们的对话早已开始，我听到的只是一个片段。

"雅娜就是不愿意要他。"胖女人扯着嗓子嚷道。"是啊，是啊。"男人应声说道。"我还对她说，你一出狱，还要雇用他的，可是她就是不愿意要他。"

玛丽也喊叫起来，说雷蒙向我问好，我说："谢谢。"不过，我的话音被旁边的男人盖住了。那人高声问道："他近来可好？"他妻子笑着说："好着哪，他的身体比什么时候都好。"我左边这个矮个子青年，有一双秀气的手，他一句话也没有说。我注意到他面对的是一个矮个子的老太婆，他们两人都定睛凝视对方。我没有时间进一步观察他们了，忽听玛丽冲我高声说，一定要满怀希望。我应了一声"对"，同时盯着她看，真想隔着衣裙搂住她的肩膀。我真想抚摸她那身细布料，而且除此之外，我实在不知道还能抱有别的什么希望。恐怕这也正是玛丽想要说的，因为她一直在微笑。我只顾看她明亮的牙齿和笑眯眯的眼睛。她又喊道："你一定能出来，一出来咱俩就结婚！"我回答说："你相信吗？"不过，我这主要还是为了说点儿什么。于是，她语速非常快，声音始终很高，说她相信我一定能获释，两个人还去游泳。这时，另一个女人又吼叫起来，说她的篮子丢在书记室里，当即列举放在篮子里的所有东西，那些东西都很贵，必须清点一下。挨着我的那个青年，一直同他母亲相视无语。蹲在地上的那些阿拉伯人，仍在我们下面窃窃私语。户外的阳光撞到大玻璃窗，似乎更加膨胀了。

我感到身体不大舒服，很想离开。聒噪声让我难受。可是另一方面，我也愿意跟玛丽多待一会儿。不知道过了多长时间。玛丽跟我谈起她的工作，她的脸上始终挂着微笑。絮语、喊叫和谈话的声音交织在一起。唯一寂静的孤岛就在我身边，即相互对视的这个矮个儿青年和这个老太婆。阿拉伯人一个个被带回牢房。第一个人刚一被带走，几乎所有人都住了声。矮小的老太婆又靠近铁栅栏，与此同时，一名看守向她儿子打了个手势。那儿子说了一句："再见，妈妈。"母亲把手从铁条之间探进去，向儿子轻轻挥手，动作缓慢而悠长。

老太婆离开探视厅，一个手拿帽子的男人随即走进来，占据了空出来的位置。一名囚犯被带来，两人便热烈交谈起来，但是声音压得很低，只因大厅又恢复了肃静。又有人来要带走我右边的那个人，他妻子仿佛没有注意到说话不用大喊大叫了，她仍然没有降低声调："照顾好你自己，多加小心。"接着就轮到我了。玛丽做出了拥吻我的手势。临出门时，我又回过头去望她，她一动未动，脸压在铁条上，始终挂着那种苦撑着的僵硬的微笑。

探视之后不久，她就给我写信来了。正是从这一刻起，出现了我绝不爱提起的那些事。不管怎么说，什么事也不应该夸张，讲讲自己不爱提起的事，我做起来还比别人容易些。受羁押初期，最艰难的倒是我仍有自由人的思维方式。例如：我还渴望去海滩，下海游泳；还想象我的脚掌刚踏着波浪的声响，全身浸入水中所感受到的解脱。可我却猛然感到我的牢房四壁多么贴近。而且，这种感觉持续了数月。后来，我就完全换了囚犯的思维方式。我等待放风的时间，到院子里走走，或者等待我的律师来访。余下的时间我也安排得很好。我甚至常常想，如果让我生活在一棵枯树的树干里，无所事事，终日观赏天空浮云的花样，我也能逐渐适应。我会等待鸟儿飞越、云彩聚合，就像我在这里等待我的律师扎上奇特的领带，或者在另一个世界耐心地等待星期六，得以拥抱玛丽的肉体。况且，仔细想一想，我总还没有落到在枯树树干里的那种境地。还有比我更加不幸的人呢。其实这也是妈妈的想法，她一再反复讲，人到头来什么都能适应。

此外，平时我也没有想得那么远。头几个月度日如年。然而，我总得咬咬牙，也就挺过来了。譬如说，我辗转反侧想女人。我年轻，这是很自然的事。我从来没有特意想玛丽。但是我苦苦想女人，想所有女人，想我所认识的所有女人，想我曾经爱过她们的种种情景，结果我的牢房充塞了这些女人的形象，布满了我的欲念。一方面，这让我躁动不安；另一方面，这也帮我消磨时间。我终于赢得了看守长的同情。每天开饭时，他都陪着厨房伙计前来，正是他首先向我谈起了女人。他告诉我，这是其他囚犯抱怨的头一件事。我就对他说，我同他们一样，觉得被这样对待实在不公道。"然而，"他接口说道，"正是为了这一点，才把你们关进牢房。""怎么，正是为了这一点？""当然了，自由，正是为此，才剥夺了你们的自由。"

L'Étranger

我甚至常常想,如果让我生活在一棵枯树的树干里,无所事事,终日观赏天空浮云的花样,我也能逐渐适应。我会等待鸟儿飞越、云彩聚合……

我从未想到这一层。我赞同他的说法。"不错,"我对他说道,"否则惩罚什么?""对呀,这种事儿,您能想通,其他人不行。不过,最终他们总能想法儿自行解决问题。"说罢,看守长就走了。

还有抽烟也是问题。我入狱那天,我的腰带、鞋带、领带,我口袋里的所有物品,尤其是我的香烟,统统让监狱人员搜走了。一转到单人牢房,我就要求把香烟还给我。可是,看守对我说,监狱禁止吸烟。头些日子特别难熬。这也许是给我最大的打击。我从床铺的木板上掰下木块,放进嘴里咀嚼。恶心不止,一整天我都想呕吐。我无法理解,吸烟又不危害任何人,为什么剥夺我吸烟的权利?后来我才明白,这也是惩罚的一项内容。不过,从那时候起,我逐渐习惯不吸烟了,对我来说,这种惩罚也就徒有其名了。

除开这些烦心事,我还算不上太不幸。再说一遍,问题全在于消磨时间。从我学会回忆的时刻起,我就终于有了营生,一点儿也不感到烦闷了。有时,我就回想我的房间,在想象中从一个角落出发,走一圈儿回到起点,在头脑里计数一路上所碰到的所有物品。起初,很快就计数完毕。可是,每次我重新开始,花的时间就长一些。因为,我要回忆每件家具,回忆每件家具中所装的每件物品,回忆每件物品的详细情况,包括每个镶嵌、每道裂纹、每个边角的毁损,以及涂什么颜色,是什么纹理。与此同时,我又力求这个清单次序不乱,毫无遗漏。

这样回忆几个星期下来,我只要历数一下我那房间里的东西,时间也就打发过去了。我这样越追忆,更多被忽略和已被

## L'Étranger

遗忘的东西，就从我的记忆中被发掘出来。于是我憬悟到，一个人哪怕在地上仅仅生活过一天，进了监狱也不难度过百年。他有足够的记忆可供追寻，不会感到烦闷。从某种意义上讲，这也是一种特权。

还有睡眠的问题。开头，夜间睡不好觉，白天根本不睡。后来逐渐好转，夜晚睡得着，白天也能睡一睡。可以说在最后几个月，每天我能睡上十六至十八小时。因此，我也就剩下六个小时要打发了，用在吃喝拉撒上，用来回忆和阅读那个捷克斯洛伐克人的故事。

说起来，我在草垫和床板之间，发现了一张旧报纸，几乎粘贴在草垫的衬布上，已经发黄，差不多透明了。报上刊登了一则社会新闻，开头部分缺失，故事看来发生在捷克斯洛伐克。一个男子离开了村庄，要去发财致富。过了二十五年，他发了财，带着妻子和一个孩子回家乡。他的母亲和妹妹在家乡的村子里开了家客店，他想给母亲和妹妹一个惊喜，就把妻子和孩子留在另一家旅馆，只身回家。进了门，母亲没有认出他来。他想取乐，还要了一间客房，亮出了自己身上带的钱财。为了夺取他的钱财，到了深夜，他的母亲和妹妹用铁锤将他打死，将尸体扔进河里。次日早晨，他妻子登门，还不知道发生了变故，讲出了这个旅客的真实身份。母亲自缢身亡，妹妹投井而死①。这个故事，我反复看了几千遍。一方面，这种事很怪

---

① 这正是加缪的一部剧作《误会》的故事梗概。

局外人

我在草垫和床板之间,发现了一张旧报纸,几乎粘贴在草垫的衬布上,已经发黄……

## L'Étranger

诞，令人难以置信；另一方面，却又极其自然。不管怎样，我觉得那名旅客有点儿咎由自取，人生绝当不得儿戏。

就是这样，困了就睡觉，回忆，阅读这则社会新闻，昼夜更替，日复一日，时光不断流逝。我早就在书中读过，人关在监狱里，久而久之便丧失了时间的概念。然而，这对我没有多大意义。我还不明白，在多大程度上，一天一天可能既漫长又短暂。日子过起来漫长，这是毫无疑问的，但是它们又相互挨着，一天挨着一天，最终混杂浸透而失去了各自的名称，只有"昨天"或"明天"这样的字眼，对我还保留一点儿意义。

且说有一天，看守对我说，我入狱已有五个月了。他这话我相信，可又不理解。在我看来，不断涌现在我牢房里的，无疑是同一天，而我所做的也是同一件事。那天，看守走后，我对着铁饭盒照了照脸，觉得即使我强颜笑一笑，我在饭盒上的形象也依然很严肃。我拿着饭盒在眼前摇晃。我笑一笑，饭盒上映现的还是那副严肃而忧伤的样子。白天结束了，到了我不愿意谈论的时刻，这是没有名称的时刻，在一片寂静中，从监狱各楼层升起暮晚的嘈杂声。我走近天窗，借着最后的亮光，再一次凝视自己的形象。总那么严肃，有什么奇怪的呢？就是此刻，我本人也很严肃。恰好这时候，几个月以来第一次，我清晰地听见自己说话的声音。我听出来了，这声音在我耳畔已经回响了好多日子，我这才明白，在这么长时间里，我一直在自言自语。于是，我想起了妈妈葬礼那天，女护士说过的话。是的，真叫人无所适从，谁也想象不出监狱里的夜晚是怎样的情景。

———————————————— 局外人

看守走后，我对着铁饭盒照了照脸，觉得即使我强颜笑一笑，我在饭盒上的形象也依然很严肃。

## 三

其实真可以说，刚过了夏天，很快又到了夏天。我知道天气乍热，气温升高，我会有新情况发生了。我的案子安排在重罪法庭最后一轮庭审来审理，这一轮庭审将于六月底结束。案子开始公开辩论时，户外骄阳似火。我的律师向我保证说，辩论最多不过两三天。他还补充道："况且，法庭也得加速审理，因为您的案子不是这轮庭审中最重大的案件。紧接着还要审一桩弑父案。"

早晨七点半，就来提我了，由囚车将我押送到法院。两名法警把我带进一个有阴凉感的小房间里。我坐在一道房门旁边等待，隔着房门听得见谈话声、呼唤声、挪动椅子的声响，以及一片骚乱嘈杂声，让我联想到街区的节庆：音乐会结束之后，大家一起动手搬开座椅，大厅里腾出地方好跳舞。法警告诉我，必须等待开庭，一名法警还递给我一支香烟，我谢绝了。过了片刻，他问我"是不是心里突突的"。我回答说"不"。从某种意义上讲，我甚至挺感兴趣，要看一看审案的场

# L'Étranger

面,我这一辈子从来没有这种机会。"不错,"另一名法警说道,"但是,看多了也就烦了。"

又过了一会儿,审判庭里响起小铃声。于是法警给我卸下手铐,他们打开房门,把我带上被告席。审判大厅爆满,座无虚席。尽管拉着窗帘,有些地方还是透进了阳光,空气已经很憋闷了。窗户全关上了。我坐下来,法警守在我的两侧。这时候我才看见面前有一排面孔,他们都盯着我:我明白了,他们就是陪审员。但是我说不清他们之间有什么差异,当时我只产生一种感觉:我上了有轨电车,面对一排乘客,所有这些不相识的乘客都在窥视新来者,以便看出他身上的可笑之处。现在我深知,当时那种联想十分幼稚,因为这是法庭,他们寻找的不是可笑之处,而是罪行。不过,看起来区别不大,反正我就萌生了这种想法。

大厅门窗紧闭,又坐满了人,我也不免感到有点儿头昏脑涨。我又扫视了一眼法庭,一张面孔也不认识。现在想来,我是一开始没有意识到,所有这些人蜂拥而至,都是来看我的。平时,根本没人注意我这个人。必须动动脑筋我才想明白,我正是这种热闹场面的缘起。我对法警说:"人真多呀!"他回答我说,这是报纸连篇报道的效果。他还指给我看在陪审员下方,聚在一张桌子旁边的一伙人,并且对我说:"他们在那儿呢。"我便问道:"谁呀?"他又重复一遍:"报社的人。"他还认识其中一名记者。这工夫,那名记者看见他了,便朝我们走来。此人已经有一把年纪,样子挺和善,那张脸不时做个怪相。他特别热情地同法警握手。这时我注意到,大家都在相互问侯，彼此打招呼，交谈着，仿佛到了一家俱乐部，同一个圈子里的人相聚，都非常兴奋。我也弄清了自己何以产生这种奇特的感觉：我在这里是个多余的人，有点儿像个不速之客。然而，那名记者却笑呵呵地跟我说话，对我说他希望我的事儿会顺利解决。我向他表示感谢，他还补充道："告诉您吧，您这案子，我们还稍微炒作了一下。夏天，是报纸的淡季。只有您这个事件，还有那个弑父案，还能够吸引人。"然后，他指给我看，在他刚离开的那伙人里，一个活像一只肥胖的白鼬、戴着黑边大墨镜的矮个儿的家伙。他告诉我，那人就是巴黎一家报社的特派记者。"不过，他可不是专为您来的。但是，报社既然派他来报道那桩弑父案，就要求他兼顾您的案子。"说到这里，我差一点儿又要向他表示感谢，可是忽然想到，这样未免显得可笑了。他亲热地向我打个手势，便离开了我们。我们又等待了几分钟。

我的律师身穿律师袍，由许多同人簇拥着到庭了。他朝那些记者走去，同他们握手，一起打趣，说说笑笑，那样子真可谓无拘无束，直到法庭上响起铃声为止。于是，所有人各就各位。我的律师走过来，同我握手，嘱咐我回答问题要简短，不可主动发言，余下的都由他来替我打理。

我听见左侧有人往后挪动椅子的声响，扭头看到一个细瘦高挑的男人，戴着夹鼻眼镜，仔细搂起红色法袍坐下去。他就是检察官。执达员宣布开庭。与此同时，两台大电扇开了，嗡嗡转起来。三位法官，两位身着黑袍，另一位身披红袍，拿着案卷走进法庭，快步走向俯瞰大厅的审判台。身披红袍的法官

## L'Étranger

居中坐到扶手椅上,摘下直筒无边高帽,放到面前,拿手帕拭了拭他那窄窄的秃脑门儿,这才宣布开庭审案。

记者们已经执笔在手了,他们人人都是同样一副冷漠的、略带嘲讽的神态。不过,他们当中有一个年轻得多的人,身穿灰色法兰绒制服,扎一条蓝色领带。他把笔放在面前,目光凝视着我。从他那张五官不很端正的脸上,我只看见一双非常明亮的眼睛。那双眼睛聚精会神地审视我,却丝毫没有流露出明确的表情。于是,我产生一种奇特的感觉:我这是自我观照。也许正因为如此,还因为我不懂得审案程序,我就不大理解随后所发生的一切了,譬如什么陪审员抽签,庭长向律师提问,向检察官提问,向陪审团提问(每次提问,陪审员的头都转向审判台),快速宣读起诉书,我倒听出了一些地名和人名,然后再次向律师提问。

这时,庭长说要传唤证人。执达员念了几个人的名字,引起了我的注意。从刚才还一片模糊的旁听席人群里,我看见一个一个证人站起来,由边门出去,有养老院院长和门房、托马斯·佩雷兹老头、雷蒙、马松、萨拉马诺、玛丽。玛丽还微微向我打了个焦虑的小手势。我尚在奇怪怎么没有早些发现他们,忽听又念到最后一个名字。塞莱斯特站起身,我认出坐在他身边的那个矮小的老太婆,在饭馆里见过。她仍然穿着那件收腰上衣,仍然一副干脆而果断的样子。她目不转睛地盯着我。但是我没有时间细想,庭长就发话了。他说真正的庭辩即将开始,他认为无须要求听众保持安静。他声称自己在这法庭上,就是以不偏不倚的态度,引导一个案件的辩论,并且愿意客观地审查这个案件。陪审团将按照正义的精神作出判决，不管怎样，哪怕出现极其微小的干扰，他也要休庭静场。

审判大厅里越来越热，我看见旁听的人都用报纸扇风。这就形成持续不断的沙沙的纸张摩擦声响。庭长打了个手势，执达员立刻拿来三把草编的扇子，三位法官接到手便扇起来。

随即开始审问我了。庭长向我发问，语气很平和，甚至让我觉得带着几分亲切感。他还是让我报出姓名、身份，我虽然颇为恼火，但是心想，其实这是相当自然的，因为把一个人错当另一个人来审判，那后果就太严重了。接着，庭长开始复述我的供词，每念三句话就问我一声："是这样吧？"每次我都回答："是的，庭长先生。"完全按照律师对我的指导。这个过程时间很长，因为庭长复述的内容十分详尽。这段时间自始至终，记者们都在记录。我感觉到那个最年轻的记者，以及那个自动木偶式的矮小女人注视我的目光。"有轨电车"上一排座的陪审员，脑袋都转向庭长。庭长咳嗽了一声，翻阅案卷，摇着扇子转身面朝我。

庭长对我说，现在他要问几个问题，表面上看似同我的案子无关，而实际上，很可能关系密切。我明白他又要提起我妈妈，同时感到这事儿让我烦透了。他问我为什么要把妈妈送到养老院。我回答说，那是因为我没钱雇人看护并服侍她。他又问我这样做是否有损个人感情，我便回答，无论是妈妈还是我本人，都不再期待从对方身上得到什么了，也不寄期望于任何人，况且我们母子二人都已经习惯了各自的新生活。于是庭长说他无意揪住这一点不放，又问检察官是否还有问题要向我提出来。

检察官朝我半转过身，并不正眼瞧我，声称他得到庭长允许，想要了解，我独自一人回到那泉水边，是否蓄意杀害那个阿拉伯人。我答道："不是。""那么，被告为什么带着枪，为什么偏偏又回到那个地点呢？"我回答说那完全是巧合。检察官便阴阳怪气，着重说了一句："暂时就问这些。"随后的情景有点儿杂乱，至少给我这种印象。不过，庭长小声同各方商榷之后，宣布休庭，推迟到下午听取证人证词。

没给我时间考虑，法警就把我带走，押上囚车，送回监狱吃饭了。时间安排得很紧，我觉得自己累了，刚要喘口气，就又来人提我了。一切又重新开始，我又回到原来的大厅，又面对原来那些面孔。只有一点不同，大厅里气温要高得多。仿佛发生了奇迹：每位陪审员、检察官、我的律师，以及几名记者，也都人手一把草编扇子。那名年轻的记者和那位矮小的女士仍坐在原位。但是，他们二人没有扇子，仍旧一言不发地注视我。

我擦了一把流得满脸的汗水，直到听见传唤养老院院长上庭做证时，我才意识到自己所处的场合与处境。有人问他，我妈妈是否抱怨过我，他回答是的，但是他又说，他那里的老人都有点儿这种怪癖，抱怨自己的亲人。庭长请他说具体点儿，我妈妈是否指责过我把她送进了养老院。院长还是回答是的，不过这次，他没有补充什么。他回答了另一个问题，说葬礼那天，他对我的平静态度深感意外。庭长又问他所谓平静是什么意思。这时，院长低头看着自己的鞋尖，说我不愿意看妈妈的遗体，我一次也没有哭过，下葬之后马上离去，也没有在墓前默哀。还有一件事令他很惊讶，殡仪馆的一名职工曾对他说过，我不知道妈妈的年纪。一时间，大厅里静下来，庭长问养老院院长，他所讲的是不是我。院长没听明白问题，庭长就对他说："这是法律规定。"接着，庭长又问检察官，还有没有什么要问证人的，检察官便朗声说道："噢！没有了，这就足够了。"他的声音极其响亮，朝我瞥来的目光得意扬扬，以致多少年来，我第一次产生了想哭的愚蠢念头，因为我感到我多么受所有这些人的憎恶。

这时，庭长又问陪审团和我的律师是否还有问题，然后听取了养老院门房的证词。同其他所有证人一样，门房做证也重复了同样的程序。他从我面前走过时，瞥了我一眼，随即移开了目光。他回答了向他提出的问题。他说我不想见妈妈最后一面，说我抽了烟，睡了觉，还喝了牛奶咖啡。这时候，我感到生起某种情绪，逐渐弥漫整个大厅，我第一次领悟到自己是有罪的。庭长要求门房把喝牛奶咖啡和吸烟的情形再讲一遍。检察官看着我，眼睛里闪着嘲讽的亮光。这时，我的律师问门房，是否同我一起吸烟了。可是，检察官却猛地站起身，激烈反对这个问题："这里究竟谁是罪犯，而这种方式又多么卑劣；蓄意污蔑案件的证人，贬低证词，但是证词照样不削减其巨大威力！"庭长说反对无效，要求门房回答问题。老人神态窘迫，说道："我完全清楚，当时不该那么做。可是，我不好拒绝先生递过来的香烟。"最后，庭长问我有没有什么要补充的。我回答说没有，只想说证人是对的。当时的确是我递给他一支香烟。门房于是瞧了瞧我，略显惊讶，又带着几分感激。他犹豫了一下，然后才说道，是他请我喝的牛奶咖啡。我的律师闻听此言，立刻得意地大呼小叫，声明陪审员自会做出判断。检察官岂能容得，在我们头顶响起雷鸣般的吼声："是的，陪审员先生们定会做出判断。他们也会得出结论，一个不相干的人可以请喝牛奶咖啡，但是一个儿子，在生身之母的遗体跟前，就应该谢绝。"门房回到自己的座位。

轮到托马斯·佩雷兹做证时，一名执达员不得不搀扶着他，一直把他送到证人席。佩雷兹说，他主要是认识我母亲，只见过我一面，就是在葬礼那天。法官问他那天我的所作所为，他回答说："各位应该理解，当时我痛不欲生，什么也没有看到。是过分伤心，才顾不上看什么。因为，当时我肝肠痛断，甚至还昏厥过去。因此，我不可能看到先生。"检察官问他，至少是否看到我哭过。佩雷兹回答说没有。于是检察官也同样来了一句："各位陪审员先生自会做出判断。"我的律师一听便火了，用一种我都觉得颇为夸张的语气问佩雷兹，他是否看见过我没有哭，佩雷兹回答说"没有"，引得哄堂大笑。我的律师撸起一只衣袖，以不容置辩的语气说道："这就是本案审理的形象：什么都真实，什么也不真实！"检察官板着面孔，拿铅笔连连戳着他案卷上的一个个标题。

庭审暂停五分钟，我的律师趁机对我说，一切都在往最好的方向发展，然后就听见传唤塞莱斯特出庭为辩方做证。辩方，就是我。塞莱斯特不时朝我瞥来一眼，手上不停地卷动着一顶巴拿马草帽。他身穿一套新装，仅仅有几个星期天跟我一起去看赛马时才穿过。但是现在想来，这次他没有戴活领，衬衫的领口只用一个铜纽扣扣住。庭长问他，我是不是他的顾客，他当即回答说："是啊，而且还是朋友呢。"又问他如何看我这个人，他回答说我是个男子汉；问他这话是什么意思，他就声称人人都晓得这是什么意思；问他是否注意到我这个人很自闭，而他仅仅承认我从不讲废话。检察官问他，我是否总能按时付饭钱。塞莱斯特笑了，明确说："这是我们之间鸡零狗碎的事儿。"庭长又问他如何看我所犯的罪行。这时，他双手按住栏杆，看得出来他事先有所准备。他说道："在我看来，这是一件不幸的事。一件不幸的事，大家都知道是怎么回事。这让人无法辩解。没错！在我看来，这是一件不幸的事。"他还要接着讲下去，但是庭长对他说，这样就可以了，并向他表示感谢。然而，他仍站在原地，有点儿发愣，终于声称还有话要讲。庭长要求他简短。他又重复说，这是一件不幸的事。于是庭长对他说："对，当然了。而且我们在这里，正是为了审理这类不幸的事。我们感谢您。"于是，塞莱斯特朝我转过身来，就好像他已经尽心尽力，表现出了极大的善意。我觉得他眼睛放光，嘴唇在颤抖，那样子似乎要问我，他还能做些什么。我呢，什么也没有说，也没有表示什么，但是我有生以来第一次萌生了想要拥抱一个男人的愿望。庭长再次请他离开证人席，塞莱斯特这才回到旁听席坐下。在随后的庭审过程中，塞莱斯特一直坐在那里，身子微微往前倾，臂肘撑在膝盖上，双手拿着草帽，专心听所有的发言。

玛丽进来了，她戴着帽子，还是那么美丽。不过，我更爱她长发披肩的样子。从我所在的位置，我能看出她那乳房的轻盈，也熟识她那微微鼓起的下嘴唇。她显得非常紧张。庭长开口就问她是从什么时候认识我的。她说是她在一家公司工作时认识我的。庭长还要了解她跟我是什么关系。她回答说是我的女友。她回答另一个问题时，说她的确要跟我结婚。正在翻阅一份材料的检察官突然发问，她是什么时候同我发生关系的。她说出了日期。检察官漫不经意地指出，那正是我妈妈下葬的第二天。接着，他就以讥讽的口气，说他不愿意追问这种微妙的问题，非常理解玛丽的感受，然而（说到这里，他的语调更加严厉），他职责在身，不得不超脱世俗之见。因此，他请求玛丽概述我们发生关系那天的经过。玛丽不肯讲，但是顶不住检察官的逼问，就说那天我们去海滩游了泳，去看了电影，又回到我的家中。检察官说，他看了玛丽在预审中提供的证词之后，便查看了那天电影院放映的影片，随即又说玛丽可以亲口说出那场放映的是什么电影。玛丽声音几乎低沉地，如实说了是费尔南德尔主演的一部影片。她讲完了，全场一时间鸦雀无声。这时，检察官便站起身，神情十分严肃，抬手指向我，以一种让我觉得动了真情的声音，一板一眼沉稳地说道："各位陪审员先生，此人在自己的母亲下葬的次日，就去下海游泳，开始不正常的男女关系，还去看滑稽电影寻欢作乐。我不必再对你们说什么了。"检察官坐下了，全场始终鸦雀无声。突然间，玛丽放声大哭，她说事情不是这样的，还有别的情况呢，有人迫使她说了违心的话，她说非常了解我这个人，没有干过任何坏事。这时，执达员在庭长的示意下，将玛丽带走了。庭审继续。

接下来马松出庭做证，几乎没人听了。马松明确说我是个正派人，"甚至要说，是个老实人"。待到萨拉马诺出庭做证，也同样没人注意听了。他回顾说，我对他的狗很好，在回答关于我妈妈和我的问题时,他说我跟我妈妈已无话可说,出于这种缘故,我就把她送进了养老院。"应当理解,"萨拉马诺说道,"应当理解。"然而,似乎谁也不理解。他也被人带下去了。

接着,就轮到雷蒙出庭做证了,他也是最后一名证人。雷蒙向我打了个小手势,他开口就说我是无辜的。但是庭长明确一句:法庭要他讲事实,而不是下判语,请他等着回答问题。法官要他说明他同被害人的关系。雷蒙趁机就说,被害人恨的是他,自从他扇了那家伙姐姐的耳光就恨上他了。庭长却问他,被害人是不是没有理由恨我。雷蒙说我去海滩,完全是一种偶然。于是检察官问他,酿成这个事件的缘起,那封信出自我的手笔,又该如何解释。雷蒙回答说,这也是偶然的。检察官反驳道,在这个事件中,偶然对良心已经犯下累累罪行。他想了解,当雷蒙打自己的情妇的时候,是不是出于偶然我才没有出面劝阻,是不是出于偶然我才去警察分局为雷蒙做证,而我做证时所讲的话显然是纯粹的偏袒,是否也是偶然的呢?最后,他问雷蒙靠什么谋生,雷蒙回答说当仓库管理员。检察官立刻向陪审团声明,众所周知,这名证人是个拉皮条的,以色情行当为业,而我正是他的同谋和朋友。这个案件是一个极其卑鄙下流的悲惨事件,更因为有一个道德魔鬼做帮凶而尤其严重。雷蒙想要申辩,我的律师也表示抗议,但是庭长制止了他们,要让检察官把话讲完。检察官又说道:"我没有多少话要补充的了。他是您的朋友吗?"他问雷蒙。"对,"雷蒙回答,"是我的好哥们儿。"于是,检察官也问了我同样的问题。我瞧了瞧雷蒙,他并没有移开目光。我便回答:"是朋友。"检察官

L'Étranger

这才转过身去，面对陪审团朗声说道："正是这个人，在母亲下葬的第二天，就过起放荡的生活，无耻到了极点，只为微不足道的原因就杀了人，以便摆平一桩伤风败俗的纠纷。"

检察官说罢便坐下了。我的律师早已按捺不住，高举起双臂，袍袖滑落下来，露出上了浆的衬衣的褶皱，他高声嚷道："究竟是控告他埋葬了自己的母亲，还是杀了一个人？"一句话引起哄堂大笑。检察官随即又站起来，身披着法袍，宣称这位可敬的辩护律师一定是太天真了，都感受不到这两件事之间有一种深刻的、悲怆的本质关系。他用力高声说道："是的，我控告这个人怀着一颗罪犯的心，埋葬了一位母亲。"这样一声宣判，似乎大大震撼了全场听众。我的律师耸了耸肩膀，擦了擦满额头的汗水。看来他也动摇了，当即我就明白了，我这案子情况不妙。

庭审结束。我走出法庭上囚车的片刻时间，又领略了夏天暮晚的气息和色彩。在这行进的囚车的幽暗中，我恍若从疲惫的深渊中，一一听到我所喜爱的城市在我偶尔开心的时刻所有熟悉的声响。报贩在轻松气氛中的叫卖声，街心花园最后一阵鸟鸣，兜售三明治的小贩吆喝声，有轨电车在高坡街道拐弯时发出的呻吟，夜幕降临港口之前天空的喧闹：所有这些声响，为我重新构成一条盲人路线，是我入狱前所熟识的路线。不错，正是这种时刻，我曾感到开心，那是很久以前的事了。那时候，等待我的总是连梦也不做的轻松睡眠。可是，情况有所变化，我还是回到我的单人牢房，等待第二天的到来。此情此景，正如夏季天空中划出的熟悉的道路，既可通向监狱，也能通向安眠。

## 四

即使坐在被告席上，听着别人谈论自己，也总归是很有趣的事。检察官和我的律师进行辩论时，可以说他们滔滔不绝地谈论我，也许更多涉及的是我这个人，而不是我的罪行。然而，控辩双方的言论，真有那么大差异吗？律师举起双臂，做有罪辩护，但认为情有可原。检察官伸出双手，揭发罪行，但认为罪不可赦。不过，有一件事，让我隐隐感到别扭。虽然我心事重重，有时我还真想插话，可是我的律师总对我说："您不要讲话，这样对您的案子才有利。"在一定程度上，大家好像撇开我来处理这个案件，整个过程都没有我参与。他们并不征求我的意见，就在那里决定我的命运。我不时就想打断所有人的话头，明确说道："请问，谁是被告呢？成为被告，这是重大的事情。我有话要讲！"但是思虑再三，我又觉得无话可说。况且，也应当承认，把心思放在别人身上的兴趣不会持续很久。譬如说，检察官的控词，很快就让我听腻了。真正打动我的，或者引起我的兴趣的，也只有脱离整体的一些片段、一些

## L'Étranger

手势，或者几段议论。

如果我理解对了的话，检察官思想的深处，就是认为我是预谋杀人。至少，他千方百计要证明这一点。正如他本人所说："先生们，这一点我会证明的。我会从两方面证实，首先是光天化日之下犯罪的事实，其次是揭示这个罪犯心理中的蛛丝马迹。"他概述了我妈妈死后的一连串事实，历数了我丧母时的冷漠态度，不知道妈妈的年岁，下葬的次日就同一个女人去游泳，又去看电影，看费尔南德尔的片子，最后又带着玛丽回家。检察官总说"他的情妇"，当时我还没有听明白，对我来说，她就是玛丽。随后，他又说到雷蒙的事件。我认为他看事件的方法不乏清晰，他讲的话也挺靠谱。我先是同雷蒙合谋写了那封信，以便把他的情妇引出来，交到一个"品行不良"的男人手里去虐待。在海滩上，是我向雷蒙的对头挑衅，结果雷蒙受了伤。于是，我向雷蒙讨来了手枪，又只身回去。我按照心中的盘算，一枪打死了那个阿拉伯人。我等了片刻，"为确保活儿干得漂亮"，我又连开了四枪，从容不迫，万无一失，可以说经过深思熟虑。

"事实就是这样，先生们，"检察官说道，"我在诸位面前重新勾画出事件的线索，此人沿着这条线走下去，在完全知情的状态中杀了人。我要强调这一点，"他说道，"只因这不是一桩普通杀人案，不是一种不假思索的，你们认为有些情节可以减轻罪责的行为。此人，先生们，此人很聪明。你们听到他的发言了，对不对？他善于答辩，他深知词语的分量。真不能说他行动的时候，还不清楚自己在干什么。"

我听他讲,并且听到他认为我聪明。可是我又不大理解了,一个普通人的优点,怎么就能变成控告一名罪犯的重大罪状呢。至少,这让我深感诧异,我也就不再听检察官讲什么了,直到听他说:"他是不是稍微表示出悔意呢?从来没有,先生们。在预审过程中,此人对他的令人发指的罪恶没有一点儿痛心的表示,一次也没有。"说到这里,他转向我,用手指着我,继续对我大张挞伐,弄得我实在不明白为什么会这样。当然了,我却不能不承认他说得对。我对自己的行为并不怎么痛悔。但是如此激烈的指控却令我骇怪。我很想好言好语给他解释,几乎怀着些许友爱,任何事情,我都从来做不到真正后悔过。我的心思总是牵挂着即将发生的事情,牵挂着今天或明天。只是他们把我置于这种境地,我当然不能以这种口吻跟任何人说话了。我没有权利表现出友爱,没有权利表现出善意。因此,我还是尽量听听,因为检察官开始谈论我的灵魂了。

他说他曾仔细观察了我的灵魂,应该告诉陪审员先生们,他什么也没有发现。其实,我根本就没有灵魂,毫无人性,而维系人心的道德准则,也没有一条能为我所接受。"毫无疑问,"他补充道,"我们也无法谴责他。既然他接受不了,我们就不能怪他缺乏。然而,在这法庭上,宽容的任何消极作用,都应当化为正义的功用,这不大容易,但是更为高尚。尤其是在这个人身上发现的这种心灵黑洞,正转变成社会可能堕入的深渊。"

正是在这节骨眼儿上,他又提起我对妈妈的态度,重复他在辩论中所讲过的话。但是,他谈论这个话题,比谈论我的罪

## L'Étranger

行要冗长得多，简直太长了，最后我已经毫无感觉，只觉得这天上午酷热难耐。这种状况，至少一直到检察官停下为止。他沉吟了片刻，接着又说道，这次声音低沉而又坚信不疑："还是这个法庭，先生们，明天就将审判一桩滔天大罪：一件弑父凶案。"依他之见，这样穷凶极恶的谋杀，完全超出了人类的想象。他期望人类的正义定会严惩不贷。而且，他要直言不讳，这桩罪恶所引起的他的憎恶，几乎不逊于他面对我丧母的冷漠态度所感到的憎恶。同样依他之见，一个在精神上杀害了自己母亲的人，与一个亲手杀害生身之父的人，都是以同样的罪孽自绝于人类社会。不管怎样，前者为后者的行为做好准备，在一定程度上宣告后者的行为，并且使之合情合理。他提高声音又说道："先生们，如果我说坐在被告席上的这个人，跟这个法庭明天要审判的弑父者同样罪不可赦，我确信你们不会认为我的想法大胆得过分了。他也必须受到应有的惩罚。"说到这里，检察官擦了擦汗水泛光的脸。最后他说，他的职责履行起来很痛苦，但是坚决恪尽职守。他断言我不承认这个社会的基本准则，也就跟社会毫无瓜葛了，我不懂得人心的最基本的反应，更不可能求助于人心。

"我向你们请求，对他施以极刑，"检察官说道，"而我怀着轻松的心情，向你们提出这个要求。因为这种职业生涯，我从事已久，如果说也时而要求处死罪犯的话，那么今天非同以往，我感到这种艰难的职责获取了报偿，得以平衡，并受到双重启迪：一方面，意识到要遵从一种不可抗拒的神圣命令；另一方面，面对一张除了残暴什么也看不出来的面孔，我感到深恶痛绝。"

检察官重又坐下，全场肃静了好半天。我感到又闷热又惊愕，正头昏脑涨。这时，庭长轻咳了两声，语调非常低沉地问我，是否有什么要补充说明的。我是很想说几句，站起身来，一开口就没头没脑，说我不是有意要打死那个阿拉伯人。庭长回答说，这是肯定的，又说到目前为止，他还没有弄清楚我为自己辩护的模式，因此，在听取我的律师陈述之前，最好先听听我来说明自己的行为动机。我说得很快，有点儿语无伦次，并且意识到自己挺出丑，我说当时的行为是阳光引起的。大厅里有人笑起来。我的律师耸了耸肩膀，庭长随即就让他发言了。可是，他却声称时间已晚，而他要讲好几个小时，请求推迟到下午。法庭同意了他的请求。

下午，大电扇还一直搅动着大厅里浊重的空气，而陪审员手上的五颜六色的小扇子，则全朝一个方向摇动。我的律师的辩护词，在我听来似乎永远也讲不完。不过，有一段时间，我听他讲了，只因他说："不错，我杀了人。"接着，他继续以这种口气，每当说到我时，就总讲"我"如何如何。我感到非常奇怪，便朝一名法警俯过身去，问他这是为什么。他让我别说话，过了一会儿，他才解释说："所有辩护律师都这样做。"可是我想，这又是力图把我排除在案件之外，把我压缩成零，在一定意义上取而代之。不过，现在想来，当时我离那座审判大厅已经很远了。况且，我觉得我的律师未免滑稽可笑。他匆忙地为挑衅的行为辩护，然后也大谈起我的灵魂。但是，他给我的感觉，远不如检察官那么能言善辩。"我也同样，"他说道，

"仔细观察了这颗灵魂,然而跟检察院的这位杰出代表截然相反,我却有所发现,可以说我读到了一部翻开的书。"他从中看出我为人正派,按时上班,工作任劳任怨,忠于聘用我的公司,受到所有人的喜爱,而且同情别人的苦难。在他看来,我是一个模范儿子,尽心尽力长期赡养自己的母亲。最后,我把老母亲送进养老院,希望她能过上我的经济条件达不到的舒服生活。"先生们,我实在奇怪,"他又说道,"竟然围绕着这家养老院大做文章。因为归根结底,如果必须证明这类机构的功能与重大价值,那只需指出正是国家本身予以资助的。"他独独不提葬礼的事,我就感到这是他辩护词的一个缺失。所有这些长篇大论,所有这些时日,这样一小时又一小时,一天又一天,没完没了地谈论我的灵魂,让我产生一种印象:一切都变成我看着眩晕的无色无臭的水流。

到头来,我只记得,在我的律师继续发言的时候,一个卖冰的小贩所吹的喇叭声,穿过法院的一个个厅室,从大街上一直传到我的耳畔,引起如潮的回忆涌入我的脑海:在一种不再属于我的生活中,我曾经找到我那些极其可怜、极难忘怀的欢乐,诸如夏天的气味、我喜爱的街区、黄昏时分的某种天色、玛丽的欢笑和衣裙。于是,我在这里所做的无用功,便从心头涌上来,堵住我的喉咙,我只盼望尽快结束,以便回到牢房睡大觉。因此,我的律师最后高声呼吁,我都没有怎么听见:他说一个诚实的劳动者因一时糊涂而失足,陪审员先生们不会不给他留一条活路,他请求考虑减刑的情节,说我已经背负着这桩罪过,要悔恨终身,这是对我最可靠的惩罚。庭长宣布休庭。我的律师坐下来，一副精疲力竭的样子。可是，他的同人都纷纷走过来，同他握手。我听见他们说："真精彩，亲爱的。"其中一位甚至拉着我做证："嗯，怎么样？"他对我说。我表示赞同，不过，我的恭维言不由衷，只因我实在太累了。

这工夫，外面天色渐晚，也不那么炎热了。我听见街上传来的一些声响，就能推断出薄暮的温馨。我们所有人，都在那里等待。而我们一起所等待的事，仅仅涉及我一人。我再次扫视了审判庭。一切如旧，跟头一天一样。我又同那个身穿灰色外衣的记者，以及那位自动木偶女人的目光相遇。这让我想到在审案过程中，自始至终我没有用目光寻找过玛丽。我并不是把她忘记了，只是事情应付不过来。我瞧见她坐在塞莱斯特和雷蒙中间。她向我打了个小手势，仿佛表示"总算完了"，我看到她那略显不安的脸上挂着笑容。但是，我感到自己的心扉已关闭，甚至未能回应她那微笑。

全体审判人员回来就座。庭长快速地向陪审团念了一系列问题。我听到有"犯有杀人罪""预谋犯罪""可减轻罪行的情节"。陪审员都出去了，我也被带到一间小屋等待。我的律师前来看我，他的话特别多，跟我说话时表现出空前的信心和亲热的态度。他认为整个案件会完事大吉，我坐上几年牢，或者服几年苦役，事情也就了结了。我问他，万一判得太重，是否有机会上诉撤销原判。他回答说不可能。他的策略是辩方不提出结论性的意见，以免引起陪审团的反感。他还向我解释说，不能随随便便不服判决提起上诉。我觉得这是显而易见的，也就接受了他的观点。冷静地考虑一下，这也是理所当然的事。

不如此,那又得无谓耗费多少公文状纸。"不管怎样,"我的律师又对我说道,"上诉的路是通的。但是我确信,一定会从轻判决。"

我们等了很久,估计有三刻钟。终于响起了铃声。我的律师同我分手时说道:"陪审长要宣读对控辩双方辩论的评语。要等宣读判决词的时候,才会让您进去。"一阵开关房门的声响。一些人奔跑着上下楼梯,听不出离我远近。继而,我听见审判庭里一个低沉的声音宣读了什么。铃声再次响起,隔离室的门已然打开,迎面袭来的是法庭的寂静,一片沉寂,我看到那个年轻记者避开目光时所产生的奇异感觉。我没有朝玛丽那边望去。时间不容许,因为庭长用一种怪异的方式对我说,以法兰西人民的名义,我将在广场上被斩首示众。我这才觉得明白了我在所有人脸上所看到的表情。我相信那是一种敬重。法警对我的态度格外和蔼。律师的手按住我的手腕。我再也不想什么了。庭长却问我,有没有什么话要讲。我想了想,随后便答道:"没有。"于是,法警就把我带出法庭了。

## 五

我拒绝接见神父,这已经是第三回了。我跟他无话可说,也不想说话了,反正过不了多久就能见到他了。眼下我所关心的,就是如何逃脱上断头台的命运,弄清楚能否绝处逢生。他们给我调了牢房,躺在这间牢房里,我能望见天空,也只能看见天空。我就整天整天观望天空的脸色,从白昼到黑夜色彩的衰变。我头枕双手等待着。我心里不知道琢磨了多少回,那些死刑犯中是否有这样的例子:他们在无情的断头机启动之前,忽然逃脱了,冲破了警戒线,消失得无影无踪。于是我责怪自己,当初怎么就没多注意看看描写处决人犯的作品。人生在世,总应该关心这些问题。人有旦夕祸福,真难说会出什么事。我同所有人一样,倒是读过报纸上刊登的报道。但是肯定有专著,我却从来没有兴趣找来看看。我在那类书中,也许能看到讲述越狱的章节。那么我就会了解,在转动的轮子至少停止一次的情况下,在这种不可抗拒的预谋中,偶然与运气,仅此一次,就改变了某种事态。仅此一次!在一定意义上,我认

## L'Étranger

为这对我来说就足够了。余下的事,由我的心去摆平。报纸经常谈论一种亏欠社会的债,主张必须偿还。然而,这并不能启发想象力。一种越狱的可能性才是重要的,要跳出害人的常规,要狂奔,给希望提供全部机会。自不待言,希望,就是在奔跑中,被一颗飞来的子弹击倒在街头。可是,想来想去,这种奢望连一点点可能性都没有,一切都禁止我有这种非分之念,断头台又把我牢牢钳住。

我再怎么善良,也不可能接受这种草菅人命的确认。因为,这种确认所依赖的判决,与判决自宣读之时起坚定的执行之间,存在着一种荒唐的不相称。事实上,判决词不是在十七点,而是拖延到二十点才宣读的,这就很可能大变样了,而这一判决是由一些更换了内衣的男人做出来的,并且基于法兰西人民(或者德国人民、中国人民)这样一种模糊的概念,我就明显感到,这一系列事实大大削弱了如此重大决定的严肃性。然而我又不得不承认,这种决定一旦做出来,就变得确定无疑了,就跟我的身体狠狠撞击的这面墙壁同样真实存在。

在这种时候,我想起了妈妈给我讲过的关于我父亲的一段往事。我没有见过父亲。我对这个人所了解的全部具体情况,也许只有当时妈妈给我讲的这段往事:他去看处决一个杀人犯的场面。他有了这种想法,就感到不舒服了,但他还是去了,回来便呕吐,吐了大半天时间。因此,我有点儿讨厌父亲。现在我才明白,去观看处决犯人是极其自然的事。我怎么就没有看出来,还有什么比处死人更重要的呢?而归根结底,这是一个男人唯一真正感兴趣的事!我若是能有出狱的那一天,只要有执行死刑的场面，一定会去观看。现在我认为，我不该想到这种可能性。因为，这样一种念头，看到自己悠闲自在，一天早晨站在警戒线的外边，也可以说站在另一侧，成为围观者，看了之后就可能呕吐，一想到这些，一种掺了毒的喜悦便涌上心头。当然，这样想并不理智。我不该浮想联翩，做出这类假设，因为片刻之后，我就感到冷彻骨髓，赶紧钻进被窝里，蜷缩成一团，牙齿咯咯打战，怎么也抑制不住。

　　自不待言，人不可能总那么理智。譬如说，也有那么几回，我还制定起法案来。我改革刑罚制度，特别注意到，关键是给被判极刑的人一次机会。一千次机会哪怕只给一次，这就足以理顺许多事情。因此，我认为可以造出一种化合药剂，死囚（我想到的是死囚）服下去便可毙命，这是十拿九稳的。囚犯了解这一点，这也是条件。因为，我考虑再三，心平气和地权衡，还是看到断头台的缺陷，就是不给受刑者任何机会，绝对不给。总之，一旦判处死刑，就必死无疑了。这便是铁案，一锤定音，公认的协议，不能再翻案。如果断头机意外失灵，那就得重新执刑。因此，令人讨厌的是，受刑者还得祝愿机器运转正常。这就是我所说的缺陷。从某种意义上讲，的确如此。然而，从另外一种意义上看，我又不能不承认，一种好的组织的全部奥秘正在于此。总而言之，死刑犯不得不在精神上进行合作。不出事故，一切正常运转，才符合他的利益。

　　我也不得不指出，在这些问题上，此前我的看法并不正确。有很长一段时间，我以为——也不知道是何缘故——要上断头台，必须一级一级登台阶上去。我想这是受1789年大革

## L'Étranger

命的影响,我是指在这些问题上,别人教给我或者让我看到的一切影响了我。但是,有一天早晨,我忽然想起报纸上刊登的一幅照片,报道一次引起轰动的处决场面。其实,设施特别简单,断头机就直接放置在地面,要比我想象的窄小得多。也真够怪的,我怎么没有早点儿想起来。照片上的断头机给我印象很深,像一台精密机器,做工完美,亮晶晶的。人对不了解的东西,总要产生夸张的想法。相反,我就应该看出,一切都很简单:断头机和走过去的人,处于同一水平线上。他走到断头机前,就像同一个人会面。这也是令人烦恼的事。登上断头台,仿佛是登天,想象力可以紧紧抓住这种幻觉。然而,又是断头机毁掉这一切:不声不响就被处死了,未免有点儿丢脸,但是非常精准。

还有两件事时刻萦绕在我的心头,即黎明和我的上诉。但我还是保持理智,尽量不去多想。我躺在床上,凝望天空,竭力对天空产生兴趣。黄昏时分,天空变成绿莹莹的。我再次克制一下,以便扭转思路。我倾听心跳声,实在无法想象这心跳声伴随我这么久,竟会戛然而止。我从未有过名副其实的想象力,但我仍然设想,心跳声不再延伸到我的头脑的瞬间情景。然而徒劳,黎明或者我的上诉还是挥之不去。到头来我便心中暗道,最理智的做法就是不要强迫自己了。

我知道,他们通常黎明时分来提人。总之,我这些夜晚,总是专心等待这样一天的黎明。无论什么事,我向来不喜欢猝不及防。一旦出事儿,我更愿意有所准备。因此,除了白天睡一会儿,最终我就不睡觉了,整夜整夜耐心等待天窗上诞生曙光。最难熬的就是天将亮而未亮的时分[①],我知道这正是他们采取行动的时间。午夜一过,我就等待并窥伺着。我的耳朵从未捕捉过这么多声响,从未辨别出如此细微的声音。在一定程度上,我甚至可以说,在这段时间里,我的运气还算不错,始终没有听见脚步声。妈妈经常说,人走背字,也绝不会事事倒霉。我身陷囹圄,对妈妈的说法深以为然,只因天空出现了彩霞,新的一天溜进了我的牢房。本来我可以听见脚步声逼近,我就可能紧张得心脏爆裂。即使有最细微的窸窣声,我也急忙冲到门口,甚至把耳朵贴在门上,气急败坏地等待,直到听见自己的呼吸,又不免惊恐,听出声音那么嘶哑,活像一条狗在喘息,好在我的心脏没有爆裂,我又赢得了二十四小时。

整个白天,我都用来考虑上诉的事情。现在想来,我充分发掘了这个念头。我估量所能取得的效果,从我的思考中获取最大的收益。我总是做出最坏的设想:我的上诉被驳回。"好吧,我就死定了。"比别人早死,这是显而易见的。然而,众所周知,这样活在世上也不值当。说到底,我岂不晓得,活三十岁还是活七十岁,这都无所谓,因为不管是哪种情况,还有别的男男女女将活在世上,几千年来就是这样过来的。总之,这再清楚不过了。不管是现在还是再过二十年,反正死的是我。此时此刻,我这样推理思考,让我稍微感到局促不安的是,想到还有二十年要生活,我所感到自身的这种大跨度的跳

---

[①] 法国司法惯例,凌晨六点,警察到家里拘捕犯罪嫌疑人,这也是突审犯罪嫌疑人的时间。

L'Étranger

我也急忙冲到门口,甚至把耳朵贴在门上,气急败坏地等待,直到听见自己的呼吸……

跃。不过，对这种跳跃我只好遏止，不去想象二十年后还得到死期，我又会有什么想法。既然必有一死，那么如何死，什么时候死，也就无关紧要了，这是显而易见的。因此（难办的就是不要疏忽"因此"这个词所表达的推理的整个逻辑），我就应该接受我的上诉被驳回的事实。

这时，唯有这时，才可以说我有了权利，能以某种方式谈论第二种假设了：我获取了减刑。麻烦的是，我的血液和肉体一阵狂喜，刺痛我的双眼，必须克制一点儿这样剧烈的冲动。我必须竭力压抑这声欢叫，竭力规劝自己。即使做出这种假设，也必须保持放松自然的态度，以便在第一种假设中，我更可能认命顺从。我还真抑制住了冲动，从而赢得了一小时的平静。这毕竟不可小觑。

恰恰在这样的时刻，我再次拒绝接待神父。我正躺在床上，看天空变成淡淡的金黄色，就猜出临近夏日的黄昏。我刚把上诉抛之脑后，得以感受全身血液正常流动了。我没有必要见神父。好长时间以来，我第一次想到了玛丽。已有好些日子，她没有给我写信了。那天晚上，我思考这事儿，心中不免暗道，也许她厌烦了，不想做一名死刑犯的情妇了。我倒是也想到也许她病倒了，或者死掉了。这样想也符合事物的规律。我们二人的肉体关系，现在已然断绝，除此之外别无任何联系，彼此也不思念，我怎么可能知道她的近况呢？况且，从这一刻起，我再回忆玛丽，也就与己无关了。她已经死了，我也不再关心她了。我觉得这很正常，我也同样完全理解，我死后就会被人遗忘。他们跟我再也没有任何关系了。我甚至不能

## L'Étranger

说，想到这种情况心里会难受。

恰巧这时候，监狱神父走了进来。我一看到他，浑身不由得打了个冷战。他发觉了，对我说不要害怕。我对他说，他平常不是这个时候来。他就回答说，这次是完全友好的探视，同我的上诉毫无关系。他坐到我的小床上，请我坐到他身边。我谢绝了。不过，我感到他的态度非常和蔼。

他的两只小臂搁在膝上，坐了好一会儿，低头注视着自己的双手。他那双手纤细，但结实有力，让我联想到两只敏捷的野兽。他慢悠悠地搓着双手，头始终垂着，就这样待了许久许久，一时间我恍若忘记他的存在了。

突然，他抬起了头，目光直视我，对我说道："您为什么拒绝我来探望呢？"我回答说我不信上帝。他想了解我对此是否有把握，我便说我没有必要考虑：在我看来这不算个重要问题。于是，他身子朝后一仰，背靠到墙上，双手平放在大腿上。他那样子几乎不是在同我说话，指出人有时候自以为有把握，其实则不然。我却一言不发。他瞧着我，问道："您是怎么想的？"我回答说是有这种可能。不管怎样，也许我把握不准自己真正感兴趣的事，但是，对自己不感兴趣的事，却完全有把握。他跟我谈的，恰恰是我不感兴趣的事。

神父移开目光，但始终没有改变坐姿，他问我是不是因为过分绝望才这样讲。我向他解释我并不绝望，只是害怕，这也非常自然。"那么上帝会帮助您的，"他指出，"落到您这样境地的人，凡是我认识的，最后全皈依了上帝。"我承认这是他们的权利，这也表明他们有时间去那么做。至于我，我不需要帮助，也恰恰没有时间去关心我并不感兴趣的事。

这时，他有点儿恼火，双手摆了一下，又挺直身子，抚了抚教袍的褶皱。他整理完了，就对我说话，并以"我的朋友"相称，表示他这样同我交谈，并不是因为我被判处了死刑；依他之见，我们世人无不被判处死刑。然而，我却打断了他的话，对他说这不能相提并论，而且，无论如何，这不可能成为一种安慰。"当然了，"他表示赞同，"但是，您今日不死，他日也必死无疑。到那时，还是面对同一个问题。您要如何应付这种可怕的考验呢？"我回答说："到那时，我也会丝毫不差地像此刻这样应付。"

听到这话，他当即站起身，直视着我的眼睛。这种把戏我领教得多了。我经常跟埃马努埃尔或者塞莱斯特以此取乐，总的来说，是他们先移开目光。神父也擅长此道，我立刻就明白了这一点。他的眼睛一眨也不眨，他对我说话时，声音也毫不颤抖："难道您就不抱任何希望了吗？难道您活着的时候，就想着您要完完全全死去吗？""对。"我回答道。

于是，他垂下脑袋，重又坐下。他对我说，他是可怜我。他认为一个人这样生活，是不可能忍受的。而我仅仅感到，我开始烦他了。我也移开目光，走到天窗下面，肩头倚在墙上。我不大注意听他讲话了，只听见他又开始问我了。他讲话的声音显得不安而急切。我明白他动了感情，也就多用心听了。

神父对我说，他确信我的上诉能够获准，但是我必须卸掉一桩罪孽的重负。在他看来，人类的正义微不足道，而上帝的正义才至关重要。我则指出，正是前者判处了我死刑。他回答

L'Étranger

我说，即便如此，也并不能洗刷我的罪孽。我就对他说，我不晓得什么是罪孽，他们只告诉我是罪犯。我犯了罪，就付出代价，别人就不能再向我提出任何要求了。这时，他又站起来，我便想在如此狭小的牢房里，他若想活动，别无选择，要么坐下，要么站起身。

我两眼盯着地面。他朝我走了一步，又停住了，仿佛不敢往前走了。他那目光透过铁窗望着天空。"您错了，我的儿子，"他对我说道，"可以向您提出更多的要求。也许可以向您提出这样的要求。""什么要求呢？""可以要求您瞧一瞧。""瞧什么？"

神父扫视一下四周，他回答的声音，让我突然听出他十分疲惫了："我知道，所有这些石头都渗出痛苦。每次看到这些石头，我都深感惶恐不安。然而，我从内心深处了解，你们当中最悲惨的人，也看见过从石头的幽暗中出来一张神圣的面孔。要求您瞧的就是这张面孔。"

我上来一点儿情绪，说一连几个月，我都瞧着这些石墙，我所熟悉的程度，远远胜过世上任何人、任何东西。很久以前，也许我曾在这上面寻找过一张面孔。但是那张脸闪耀着阳光的色彩、欲望的火焰：那正是玛丽的面孔。我寻找过，但是徒劳无益。现在，已经结束了。不管怎样，这石墙只渗出汗来，我没有看见出现任何东西。

神父一脸忧伤地看了看我。现在我干脆背靠墙壁，额头接住流泻下来的阳光。他讲了什么话，我没有听清，他又急速地问我是否允许他拥抱我。"不。"我答道。他转过身去，走向另一面墙壁,缓缓地抬手按在上面,喃喃说道:"您就如此热爱这片大地吗?"我一言不发。

神父背向我站了许久。有他待在眼前,我感到压抑和恼火。我正要请他离开,不要管我,他却转过身来,突然爆发,冲我高声说道:"不,我不能相信您说的话。我确信您一定盼望过另一种生活。"我回答说这是自然,不过,这比起盼望发财,盼望游泳速度快些,或者生有一张更好看的嘴来,也不见得更为重要,都可以归为同一类事。可是,他截住我的话头,想要问问我怎么看另一种生活。于是我冲他嚷道:"就是我在那种生活里,能够回忆这种生活。"紧接着又对他说,我已经烦了。他还要跟我谈上帝,可是,我却走到他跟前,试图最后一次向他解释,我剩下的时间不多了。我不愿意把这点儿时间耽误在上帝身上。他还尽量转移话题,问我为什么称他"先生",而不称他"我的父亲",这话又把我的火拱起来,我回答说他不是我的父亲,他到别人那里充当父亲去吧。

"不,我的儿子,"他把手放在我的肩上,说道,"我和您在一起。但是,您有一颗迷失的心,您还认识不到这一点。我将为您祈祷。"

这时候,也不知道为什么,我心中有什么东西爆炸了。我开始扯着嗓子叫喊,我还辱骂他,告诉他不要祈祷。我揪住了他那教袍的领口,将我内心里的东西全倾泻到他身上,同时连蹦带跳,掺杂着痛快和气恼。他那样子那么确信无疑,对不对?然而,他确信的那些事,任何一件也不如女人的一根头发。他甚至不能确定自己活在世上,既然他活着跟个死人一样。我呢,看样子两手空空,但是我能把握住自己,把握住一切,比他有把握,我能把握住自己的生命,把握住即将到来的死亡。对,我只有这种把握了。可我至少掌握了这一真理,正如这一真理掌握了我一样。从前我是对的,现在还是对的,我总是对的。我以某种方式生活过,也完全可以换一种方式生活。我干过这事儿,而没有干过那事儿。我没有做某件事儿,却做了另一件事儿。还怎么样呢?我生活的整个过程,就好像在等待这一时刻和这个黎明:终将证明我是对的。无论什么,什么都不重要,我也完全清楚为什么。他也同样了解为什么。在我所度过的这荒诞的一生中,一种捉摸不定的灵气,从我的未来的幽深之处朝我冉冉升起,穿越尚未到来的岁月,而这股灵气所经之处,便抹平了我生活过而并不更为真实的那些年间别人给我的种种建议。其他人死亡,一位母亲的爱,跟我有什么大关系,神父的上帝,别人选择的生活,他们选中的命运,跟我又有什么大关系,既然唯一的命运注定要遴选我本人,并且随同我也遴选像他那样自称我兄弟的千千万万幸运者。他是否明白呢?所有人都是幸运者。其他人也一样,有朝一日也会被判处死刑。他也同样会被判处死刑。如果说他被指控杀了人,却因为他在母亲的葬礼上没有流泪而被处决,这又有什么关系呢?萨拉马诺的狗抵得上他的妻子。那个自动木偶式的矮小女人,跟马松娶的那个巴黎女人,或者跟渴望我娶她的玛丽,都同样有罪。雷蒙和比他更好的塞莱斯特,都同样是我的好哥们儿,这又有什么关系呢?玛丽今天把嘴递给另一个默尔索,又有什么关系呢?他这个也被判处死刑的人,究竟明白不明白，从我未来的幽深之处……这番话我喊叫出来，已经喘不上气了。不过，看守们已经从我手中拉开神父，并且向我发出威胁。神父则让他们冷静下来，并且默默地注视我片刻，满眼都是泪水。接着，他转身离去了。

　　他一走，我也就恢复了平静。我筋疲力尽，扑倒在小床上。想必我睡着了，因为醒来时满脸映着星光。乡野的万籁一直传到我耳畔。夜的气味、大地的气息和海水的盐味，清凉了我的太阳穴。这沉睡的夏夜美妙的静谧，如潮水一般涌入我的心田。这时候，黑夜将尽，汽笛阵阵鸣叫，宣告航船起程，驶往现在与我毫无关系的世界。很久以来，我第一次想到妈妈。我似乎明白了，为什么她到了生命的末期还找了个"未婚夫"，为什么她还玩起重新开始的游戏。在那边，在那边也一样，在一些生命行将熄灭的养老院周围，夜晚好似忧伤的间歇。妈妈临死的时候，一定感到自身即将解脱，准备再次经历这一切。任何人，任何人都无权为她哭泣。我也同样，感到自己准备好了，要再次经历这一切。经过这场盛怒，我就好像净除了痛苦，空乏了希望，面对这布满征象的星空，我第一次敞开心扉，接受世界温柔的冷漠。感受到这世界如此像我，总之亲如手足，我就觉得自己从前幸福，现在仍然幸福。为求尽善尽美，为求我不再感到那么孤独，我只期望行刑那天围观者众，都向我发出憎恨的吼声。

附录

L'Étranger

# 加缪生平与创作年表

李玉民　编译

## 1913年

11月7日，阿尔贝·加缪生于阿尔及利亚的小镇蒙多维。

他是个混血儿，父母的身份极为复杂，两边的家庭都漂泊不定，最后到阿尔及利亚这块殖民地重新开始生活。

父亲吕西安·奥古斯特·加缪1885年11月8日生于阿尔及利亚。祖籍法国波尔多，早年迁往阿尔萨斯，全家于1871年到阿尔及利亚落地生根。吕西安·奥古斯特·加缪刚生下一年，便遭丧父之痛，他被送进孤儿院，长大一点儿逃离，到葡萄园当学徒。

母亲卡特琳·辛泰斯（加缪的女儿取名为卡特琳，而《局外人》的主人公默尔索的一个朋友，则叫辛泰斯）祖籍西班牙，生活在米诺尔克岛。全家迁至阿尔及利亚之后，她父亲才出世，这是个农业工人的家庭。

吕西安·奥古斯特·加缪于1909年同比他大三岁的卡特琳·辛泰斯结婚。1910年，他们生下第一个儿子，取名吕西安；1913年生下第二个儿子，便是阿尔贝·加缪。

## 1914 年

战争阴云密布。6月，斐迪南大公在萨拉热窝遇刺身亡。7月28日，奥匈帝国向塞尔维亚宣战。德国先向俄国宣战，于8月3日又向法国宣战。第一次世界大战爆发。战火就要毁掉多少像加缪这样贫苦的家庭。"我和同年龄的所有人，是在第一次世界大战的枪炮声中一起长大的。我们的历史从那以后，屠杀、非正义和暴力，就始终没有间断过。"（《夏天集》）

吕西安·奥古斯特·加缪应征入伍，被编在称为"朱阿夫军团"的海外军团。他随军开到巴黎附近，8月24日参加了为阻止德军进攻的马恩河战役，不幸头部中炮弹片受伤，被送到后方医院，于10月11日死在圣布里厄医院，并被埋葬在当地。

加缪的母亲得知噩耗，精神遭到沉重打击，几乎失聪，并出现话语障碍。寡母带着两个幼儿，生活陷入更加穷苦的境地，于是一家搬到阿尔及尔的贝尔库贫民区。她从未去祭奠过丈夫，说圣布里厄城的圣米歇尔阵亡军人墓地太遥远。直到加缪获得诺贝尔文学奖，一个纪念名人的组织才在他父亲的墓

L'Étranger

前竖了一块墓碑。她先是在弹药厂做工，后来又给人家做家务，勉强维持生计。一起生活的还有外祖母和有残疾当桶匠的舅舅。

## 1915年至1918年

加缪就是在这种穷苦的环境下，在几个亲人中间长大的。这种环境不仅在生活上困苦，而且也没有精神食粮，亲人都不识字，家里也没有一本书，可以说加缪的童年是在文化和历史的真空中度过的。

然而，他有一个"温柔的好母亲"，尽管母亲没有时间，也不知道怎样爱抚孩子。他的沉默寡言、天生的自豪感和朴实的性情，多半受他母亲的影响。

这个小男孩还有阳光和大海，这是他一生都享用不尽的财富。"首先，对我来说，贫穷从来就不是一种不幸……我置身于贫穷和阳光之间。由于贫穷，我才不会相信，阳光下和历史中一切都是美好的；而阳光又让我明白，历史不等于一切。"（《反与正》作者序）

连着海边的贝尔库贫民区，却向他提供了阳光、沙滩和大海。加缪和他的朋友在那里学会了游泳，在阳光下嬉戏，观察繁忙的穷人世界。

贝尔库是加缪的第一所学校，给他上了人生第一课。在贝尔库，不同种族的人混杂在一起，各种活动和各种现象相交织，加缪在这所学校里长大，没有种族的意识，养成独立的人格，能平易而坦诚地同各个阶层的人交往，毫无知识界常有的那种歧视和嫉妒。

## 1919 年

加缪进入贝尔库区小学，他从封闭的家庭走进开放的世界。这所公立学校设备齐全，又有完善的校规，这正合加缪的心思，于是他又走进书的世界。他大量阅读从区图书馆和学校图书馆借的书，老师和其他人也愿意借书给他看，他的学识有了惊人的发展。加缪在班里年龄小，体质又弱，但是他有一种能影响别人的魅力，这种影响力来自他的聪明和智慧。他喜欢有听众，同学们也爱听他讲故事。为此，他甚至独自去海滩练口才，效仿古代的德摩斯梯尼的做法，口含小石子高声朗诵诗歌。

随着加缪戏剧才能的发展，后来他组建了剧团，创作剧本，甚至还努力振兴悲剧。

## 1920 年

第一次世界大战结束两年之后，加缪才被确认为战争孤

L'Étranger

儿，应由国家抚养。他终于能领一笔小小的奖学金，用来买学习和生活必需品。

后来，加缪曾向女友玛格丽特·多布朗透露，七岁时他就想成为作家。

## 1921 年至 1924 年

加缪在学校以学习成绩优异著称，他在班里的法语成绩始终是第一，显示出语言才能。

1923 年 10 月，加缪升到五年级，也快满十周岁了。这个毕业班的法语教师路易·热尔曼是个特级教师，他在学校很有影响，颇有声誉。他已经注意到加缪这个品学兼优的学生，超乎寻常地进行了家访。

当年实行五年义务教育，一般孩子小学一毕业，就去找活儿干。加缪的哥哥吕西安十五岁就去干活挣钱了，加缪也不能例外。热尔曼先生劝说加缪的家人，让孩子继续念书，上中学可以争取奖学金。虽然外祖母反对，这次沉默寡言的母亲却讲话了，要让二儿子考中学。

热尔曼给加缪指定了一年中应读的书目，他在课堂上朗读讲述第一次世界大战战壕生活的小说《木十字架》，给加缪以极大的震动。后来，加缪在《第一人》的手稿中，就描述了他的感受和激动。热尔曼对所有战争中失去父亲的孩子有一种特殊的感情，对加缪的成长影响至深。加缪念念不忘这位小学老师对他的教导，乃至他获得诺贝尔文学奖时，把授奖仪式的答谢词献给他的启蒙老师，恭恭敬敬地写上"路易·热尔曼先生"。

1924年6月，加缪和他的同窗好友安德烈·维尔纳夫考取了格朗中学。10月份开学，加缪享有奖学金，成为半寄宿生，他选择了A类课程，即主修法语和拉丁文。

## 1925年至1930年

加缪在中学时也是品学兼优的学生。从上中学起的每个假期，他不再和同学一起去海滩嬉戏，而是谎报年龄，开始打工。

他爱踢足球，一般当守门员，有时也当队长，踢中锋位置。他踢球很勇猛，时常受伤。"不久我就明白了，球绝不会从你预料的方向传来。这一点对我的生活很有帮助，尤其是在法国，不是人人都那么正直。"

1928年，加缪进入阿尔及尔大学拉散俱乐部少年足球队。他写道："归根结底，正因为如此，我才特别热爱我的足球队，为了胜利的喜悦，尤其这种喜悦同拼搏之后的疲惫感觉相结合，那真是美妙极了，但同时也是为了输球之后的晚上想哭的那种傻念头。"（拉散俱乐部《周报》）

## L'Étranger

像所有善于思考的人那样,他从激烈的球场所领悟的,绝不仅仅是男子汉气概和拼搏精神。"多年来我看到世人许许多多表演之后,最终对人类道德和义务最肯定的东西的认识,还应当归功于体育,这是我在拉散俱乐部少年队里学到的。"(《勒鲁亚体育简报》)

此外,这种集体运动也培养了他的集体意识、与人合作的精神。他把这种作风,也带到了他的社会活动和戏剧活动中。

加缪念中学时,思想极为活跃,他常和要好的同学聚在咖啡馆里,无休止地争论时局、政治问题和国际形势。当然,大多时候还是讨论文学问题,马尔罗和纪德是这些青年学生们讨论的热门话题。

马尔罗于1926年发表《西方的诱惑》,1928年出版《征服者》,他在作品中所倡导的革命思想和革命冒险精神,对加缪极具吸引力。

同样,纪德早年出版了《人间食粮》,1926年发表了《伪币制造者》《如果种子不死》,1927年发表《刚果之行》,1928年发表《乍得归来》。纪德的作品影响着一代青年,加缪也不例外。纪德的《人间食粮》使加缪开始从艺术上感受到大自然的馈赠。

1929年至1930年,加缪上高中二年级,准备中学会考的第一阶段课程。从1930年10月开始准备第二阶段考试。在这一学年,加缪遇到了他的第二位恩师让·格勒尼埃。

让·格勒尼埃一生从事教育，喜爱文学，时常写些随笔，他教授的哲学课生动有趣，对学生富有启发作用，使加缪对哲学产生了浓厚兴趣。他是位伯乐式的教授，第一次走进加缪所在的教室，就发现了这个特别有才华的学生。

## 1930年至1931年

加缪经历了一场生与死的考验。

1930年12月他出现肺结核症状，直到咳嗽加重，甚至晕过去一回才由外祖母带着去看病，并住进医院。当时没有特效药，肺结核病死亡率很高，至少要拖累一生。加缪一生都受这种病菌的不断侵袭和折磨，他以坚强的意志和巨大的勇气与病魔相搏。经历过死亡的威胁，加缪更加热爱和珍惜生命，在以后的生活和创作中，表现出更大的激情。

加缪因病休学，幸而能住到生活富裕的姨父家中养病。姨父阿科尔虽开肉店，但是个爱读书、喜欢交际的人，他那种无拘无束的性情、无政府主义的思想，对加缪产生了相当大的影响。

## 1932年

加缪病愈复学，在高中多念了一年，就有了同让·格勒尼

L'Étranger

埃多接触的时间。在加缪刚生病时,这位老师还去他家中看望,在加缪升入大学后,也给他上过课。加缪则时常去老师家讨论问题,二人从师生情发展成忘年交,直到加缪不幸遇车祸去世,让·格勒尼埃又为经典本的《加缪全集》作序。

加缪先后将他的《心灵之死》《反与正》《反抗者》献给让·格勒尼埃,还为让·格勒尼埃的《岛》再版作序。《岛》给他以心灵的震撼,比得上他阅读《人间食粮》时的感受:"我们需要更敏锐的大师,需要类似在彼岸出生的一个人。他应当热爱阳光,热爱健美的躯体,并用难以模仿的一种语言告诉我们这一切外表美丽,但终究要消亡,因此要倍加珍惜。"(《岛》序言)

让·格勒尼埃的作品,向加缪提供了一个思考的领域,一个思考的范畴。加缪写道:"……我遇见让·格勒尼埃。他也一样,递给我的东西里有一本书,是安德烈·德·里什欧的一部小说,名为《痛苦》。我不了解安德烈·德·里什欧。不过,我始终没有忘记,他那部好书,是头一部向我谈论我所了解的事物的书:一位母亲、穷困、晴朗的天空……我照惯例一夜看完,醒来之后,就拥有了一种异样的、全新的自由,到了一片陌生的土地上,犹豫着向前走。这次我了解到,书籍不仅仅散播遗忘和消遣。我执意的沉默,这种朦胧而巨大的痛苦,这怪诞的世界,我家人的高尚情操,他们的穷困,最后还有我的秘密,原来这一切都可以讲述……《痛苦》让我隐约看到创作的

世界，而纪德又将促使我闯进去。"(《相遇安德烈·纪德》)

加缪通过了中学会考。在让·格勒尼埃的鼓励下，他开始尝试写作，在学生自办的小型文艺杂志《南方》上，发表一些随笔。

## 1933 年

1 月 30 日，希特勒上台。亨利·巴比塞和罗曼·罗兰发起了反法西斯运动，加缪很快就积极投入这场运动。

加缪进入阿尔及尔大学，攻读哲学和古典文学。他开始写读书笔记，其中提到司汤达、陀思妥耶夫斯基、尼采、格勒尼埃，尤其提到纪德。他写道："我太好冲动，应当学会克制。我相信能控制住自己，能用嘲讽、冷漠来打掩护。我应当改变调子。"这是他初次反省。

## 1934 年

6 月 16 日加缪结婚，娶的是一个最惹男人注意的风骚姑娘西蒙娜·耶。西蒙娜打扮得很妖艳，她是大学生的偶像，是上升的中产阶级和社会成功的标志。她头戴宽檐帽，脚穿高跟皮鞋，嘴上时常叼着烟卷，甚至披着狐皮长披肩随加缪去听课。加缪的衣着也很讲究，两人很般配。但是姨父反对这桩婚事，加缪只好离开姨父家,开始半工半读。然而,西蒙娜早就染上毒瘾,加缪一心想要拯救她,但始终徒劳无益。这场婚姻持续了一年多。

6月,加缪通过心理学考试,11月又获得古典文学证书。

## 1935年

法国左派力量成立人民阵线,反对达拉第的右翼政权。文化青年的英雄纪德和马尔罗等全力投入这场政治运动,带动了加缪这样的热血青年。加缪加入法共,负责贝尔库工人区的支部工作。他在给让·格勒尼埃的信中写道:"我认为把人们引向共产主义的,主要不是思想,而是生活……我有一种强烈的愿望,就是要看到戕害人类的苦难减少。"

"加缪善于调节安排,学业、写作、在穆斯林中开展宣传工作三不误。他在学校仍是个好学生,拿下了学士学位最后一门哲学和逻辑学考试。他开始写《反与正》,继续写《手记》和随笔文章。"(《反与正》再版序言)

对我来说,我知道我的源泉就在《反与正》里,就在这穷困和阳光的世界中。我在这世界生活了很少时间,时时回忆它,我就能避免威胁任何艺术家的两种相反的危险,即怨恨和满足……然而,关于生活本身,我在《反与正》中谈得很笨拙,就知道说出来的那点东西。

加缪发展党的外围组织，帮助劳工学校开班，和朋友创立"劳工剧团"。他要改编马尔罗的小说《轻蔑的时代》，并收到马尔罗的复电："你演吧。"加缪特别高兴，因为马尔罗以"你"称呼他。他改编的剧本，在极其艰苦的情况下进行排练。

## 1936 年

1月25日，改编自马尔罗小说《轻蔑的时代》的话剧首场演出，观众就多达两三千人。一份显然是加缪起草的传单这样写道："经过大家无私的努力，劳工剧团在阿尔及尔组建起来了。剧团意识到大众文学的艺术价值，便希望表明艺术应当从象牙塔里解放出来，同时也相信美感是与人性紧密相连的……我们的目标在于恢复人的价值，而不是提出新的思考。"

3月7日，德国重新占领莱纳尼亚[①]。

5月，法兰西人民阵线在大选中夺得胜利。

6月，加缪去中欧旅行，返回阿尔及尔便同西蒙娜离异。

7月17日，西班牙内战爆发。

加缪和三位同志以西班牙人民的斗争为题，共同编写剧本《阿斯图里亚斯起义》。此剧排练好之后却遭当局禁演。于是加

---

① 即北莱茵－威斯特法伦州。

## L'Étranger

缪给市长写了一封公开信，剧本又由夏尔洛书商出版。劳工剧团又先后排练演出了高尔基的《底层》、马基雅维利的《曼陀罗花》、巴尔扎克的《伏脱冷》。

加缪有一种"天生的权威"。蓬塞说："加缪具有难以描摹的天赋，他经常到现场，找适当的时间，用恰当的语言激发人的热情，创造一种相互信赖的和谐气氛……"

从编剧到演出的全过程，加缪无不亲自参与，取得宝贵的经验，为他后来振兴戏剧的活动打下了基础。

## 1937 年

为了维持生活，加缪进入阿尔及尔广播剧团当演员，每月有十五天到城镇和乡村巡回演出。

加缪还进入帕斯卡尔·皮亚主持的《阿尔及尔共和报》报社当记者（《西西弗斯神话》就是题献给皮亚的）。在报社他先后担任各种职务，从编辑社会新闻栏、节日集会专栏、文学专栏，一直到撰写社论。他尤其重视追踪发生在阿尔及利亚的重大政治案件。

加缪是 1936 年创建的"文化之家"的领导者之一，他积极组织发展地中海文化的各种活动，邀请学者和作者开讲座、作报告，甚至亲自开讲座，谈地中海新文化。在这些活动中，加缪显示了工作的热情和组织才干，同时也表明他对阿尔及利亚地中海的情结。

因健康缘故，加缪未获准报名参加哲学和教师资格考试。他不得不到昂布兰休养，继而取道马赛、热那亚和比萨，到佛罗伦萨游览参观。

劳工剧团解散，加缪与友人又组建"队友剧团"。

加缪谢绝西迪·贝尔·阿贝斯中学的聘书，担心在因循守旧的环境中会沉沦。他打算离开阿尔及尔，到法国本土寻求更大的发展空间。

5月10日，《反与正》由书商夏尔洛出版，收入"地中海作品丛书"。这本散文集是加缪的处女作，共五篇，浓缩了加缪在成长环境中的人生体验，在追求真理的路上的哲理思索，文章充满诗情和悲剧气氛，预示着他后来的文学创作题材和形式的取向。

8月，他开始构思另一本抒情散文集《婚礼集》。9月完成的小说《幸福的死亡》在去世后发表，这是加缪创作小说的尝试，在情节上有点像《局外人》的雏形。

加缪和一群阿尔及利亚知识分子签署一份声明，支持勃鲁姆·维奥莱特选举改革方案，认为这个方案是"伊斯兰教徒全面获得议会自由的一个阶段……"。

从1935年秋加缪加入法共，到1937年11月他被开除出党，这一阶段，人民阵线、共产党、穆斯林民族主义以及加缪本人，各方面都发生了微妙的变化。党组织认为加缪入党动机不纯，持不同政见，同穆斯林作家和伊斯兰宗教领袖来往密切。加缪则指责党对穆斯林反殖民主义实行反对政策，指责党的干部不理解深受殖民主义压迫的阿尔及利亚人民。在劝退不成的情况下，总部开会决定将加缪开除出党。对此，加缪的唯一反应是"微微一笑"。

其实，加缪到了他一生的转折点：他的内心生活的比重，开始超过社会生活。他不会抛弃，但要以更严肃的态度参与社会生活，要为自己的文学创作保留必要的精力和时间。

## 1938 年

队友剧团组建以来，剧团要给民众带来一个高质量的戏剧季节："戏剧是一门让世人去解释寓意的有血有肉的艺术，是一门既粗犷又细腻的艺术，是动作、声音和灯光的美妙谐和。然而，戏剧也是最传统的艺术，重在演员和观众的配合，重在对同一幻觉的一种彼此心照不宣的默认。"

加缪选择首演的剧目是费尔南多·罗维的《修女》，这是西班牙文艺复兴初期的一部名著。

2月，剧团又演出纪德的《浪子回头》和夏尔·维尔德拉克的《顽强号客轮》。

马尔罗的小说《希望》出版。

萨特的《恶心》出版。加缪很欣赏这本书，但是反对萨特的审美观，指出他过分强调人的丑陋，以便把人生的悲剧性建立在这个基础上："没有美、爱或者危险，生活就会很容易。"

加缪酝酿荒诞系列作品，首先写出荒诞剧《卡利古拉》，还考虑写一部论述荒诞的作品，有些笔记后来写《局外人》时就用上了。

他看了克尔恺郭尔的《恐惧的概念》，以及尼采的《人性的，太人性的》《偶像的黄昏》。

## 1939 年

加缪阅读伊壁鸠鲁和斯多葛派的作品。

加缪同马尔罗见面。

萨特的短篇小说集《墙》发表。加缪撰文评论道："观察到生活的荒谬，不可能是一种终结，而仅仅是一种开端。"（《阿尔及尔共和报》）

5月，加缪的抒情散文集《婚礼集》出版。

6月，加缪到阿尔及利亚北部山区卡比利调查："在世界上最美的地方，这种穷困的景象比什么都令人痛心。"这一经历，对加缪的"荒诞"概念的最后成形，起了决定性的作用。

战争乌云密布，加缪不得不放弃去希腊旅行的计划："战争爆发那年，我本来打算登船，也像尤利西斯那样航海旅行。在那个时期，即使一个穷苦的年轻人，也能做出奢华的计划，横

L'Étranger

渡大海去迎接阳光。"(《夏天集》)

9月,第二次世界大战爆发。

"首要的一条,就是不绝望。不要听信叫嚷到了末日的那帮人。"(《扁桃树》)

"发誓在最不高尚的任务中,只完成最高尚的举动。"(《手记》)

"野兽统治的时代开始了,我们已经感觉到了人类身上增长的仇恨和暴力。在他们身上,纯洁的东西荡然无存……我们所遇见的全是兽类,全是欧洲人那些野兽般的嘴脸……"(《日记》)

加缪准备入伍参战,但因健康缘故暂缓。

《阿尔及尔共和报》改成《共和晚报》,加缪任主编。

加缪到阿尔及利亚奥兰旅行。

## 1940 年

1月10日,《共和晚报》遭当局查封。

加缪去巴黎,经帕斯卡尔·皮亚推荐,进入巴黎晚报社,在编辑部当秘书,做些纯事务性的工作。"在巴黎晚报社感觉巴黎的整个心脏,以及它那轻佻少女式的龌龊思想。"(《手记》)

5月,《局外人》完稿。

5月10日，德军入侵法国。加缪同《巴黎晚报》编辑部撤离巴黎。

9月，撰写了《西西弗斯神话》的第一部分。

10月，加缪到里昂，暂时落脚。

12月，加缪脱离编辑部，同一位奥兰姑娘弗朗西娜·富尔结婚。

## 1941年

1月，返回奥兰市，到一所接纳犹太子女的私立学校教书。奥兰是阿尔及利亚第二大城市，后来加缪的长篇小说《鼠疫》，就以这座城市为背景。

2月，《西西弗斯神话》完稿。

受赫尔曼·麦尔维尔《白鲸》的影响，加缪开始构思长篇小说《鼠疫》。他在《介绍赫尔曼·麦尔维尔》的文章中写道："这是人所能想象出来的最为惊心动魄的一个神话，写人对抗恶的搏斗，写这种不可抗拒的逻辑，终将培育起正义的人；他首先起来反对创世和造物主，再反对他的同胞和他自身。"

12月，法共中央委员加布里埃尔·帕里在抵抗斗争中，被德军抓获并杀害。加缪在《时政评论一集》中写道："……您问我出于什么理由站到了抵抗运动一边。这个问题，在包括我在内的一些人看来，是没有意义的。当时我就认为，现在还一直

## L'Étranger

认为，总不能站在集中营一边，那时我明白了，我憎恶暴力机构，却不那么憎恶暴力。把话说得再明白一点，我非常清楚地记得那天，我心中反抗的浪潮达到了顶峰。那是在里昂，一天早晨我在报纸上看到加布里埃尔·帕里被处决的消息。"

加缪由帕斯卡尔·皮亚和勒内·莱诺介绍，加入"北方解放运动"的抵抗组织，负责搜集情报和出版地下报纸的任务。

## 1942 年

1月，加缪肺病复发，不得不离开气候潮湿的北非，去往法国本土，到利尼翁河畔的尚邦休养。

由于战争阻隔，他回不了北非，同妻子天各一方，直到解放才重聚。

6月15日，《局外人》由伽利玛出版社出版。10月16日，《西西弗斯神话》在同一出版社出版。

《局外人》获得普遍好评。萨特写道："《局外人》是一部经典之作，一部理性之作，为荒诞及反荒诞而作。"亨利·海尔在《泉水》杂志上发表文章："加缪及其《局外人》站到当代小说的最尖端，这条道路由马尔罗开创，由萨特终结，途经塞利纳，它赋予了法国小说以新的内容和风格。"

他被人称为荒诞哲学家，加缪则不以为然："我不是哲学家，对理性没有足够的信赖，更难相信一种理论体系。我的兴趣所在，是探讨怎样行动，更确切地说，人们既不相信上帝，又不相信理性的时候，应当如何生活。""不，我不是存在主义者……萨特是存在主义者，而我发表的唯一理论著作《西西弗斯神话》，恰恰是反对那些存在主义哲学家的……"(《文学新闻》)

## 1943 年

加缪完成剧本《误会》的初稿。

加缪在里昂地区和圣艾蒂安地区来回奔波，时达数月，他给勒内·莱诺的诗歌作品作序时写道："如果说地狱存在的话，依我看，它就应当像行人全穿黑服的这些无尽头的灰色街道。"

6月，在萨特剧本《苍蝇》首演式上，加缪遇到萨特。之后加缪、萨特、西蒙娜·德·波伏娃，他们常在巴黎圣日耳曼大街的咖啡馆见面。

加缪成为伽利玛出版社的审稿员。他住进纪德曾住过的公寓，第二次同路易·阿拉贡见面。

几个抵抗运动组织合并，加缪参与筹办地下报纸《战斗报》，同皮亚、弗朗西斯·蓬日、莱诺等抵抗运动战士联系密切。

L'Étranger

## 1944 年

加缪的剧本《卡利古拉》和《误会》在伽利玛出版社出版。

6月,《误会》由玛丽亚·卡萨雷斯和马塞尔·埃朗主演,在马杜兰剧院演出。

先后共发表四封《致一位德国友人的信》:"我仍然认为这个世界没有更高的意义,但是我也知道这世上的某种东西有意义,这就是人,因为,人是要世界有意义的唯一生灵。"

8月24日,巴黎解放。

从9月开始,加缪和弗朗索瓦·莫里亚克分别在《战斗报》和《费加罗报》上撰文,在是否应惩罚"法奸"的问题上展开激烈的论战。加缪主张必须严惩叛徒,才能伸张正义。

10月,加缪与妻子在巴黎团聚。

## 1945 年

加缪被授予抵抗运动勋章。

5月8日,加缪在纪德身边,得知停战的消息。

5月16日,殖民当局在阿尔及利亚塞提夫城,先屠杀,继而又镇压阿尔及利亚人民。加缪前往当地调查,写了八篇文章,有六篇以《阿尔及利亚纪事》为副标题,收入1958年出版的《时政评论三集》，表达了对阿尔及利亚人民争取民主自由的同情。

8月6日和9日，美国在日本广岛和长崎投下原子弹。加缪撰文："机械文明达到了野蛮的极点，在不久的将来，人们必须抉择：要么集体自杀，要么聪明地利用科学成果。"

9月5日，加缪喜得一对儿女，取名让和卡特琳。

9月25日，《卡利古拉》在埃贝尔托剧院演出。主演钱拉·菲利普崭露头角。

加缪担任伽利玛出版社的文学顾问，他要策划出一套"希望"丛书。

12月，加缪和米歇尔·伽利玛全家去戛纳度假。

## 1946 年

3月25日，加缪抵达纽约，开始北美之行，在哥伦比亚大学等处演讲，受到大学生的热烈欢迎和好评。5月，他抵达蒙特利尔，开始在加拿大巡回讲演，6月回国。

发现西蒙娜·薇依的作品，加缪主持出版她未发表过的作品。

他系统地思考暴力问题："我们在地狱中，从来就没有出去过！这漫长的六年来，我们都极力摆脱这种处境。"(《夏天集》)

## L'Étranger

诗人勒内·夏尔的《伊普诺斯的书页》出版，加缪和他结成深厚的友谊。

11月，加缪同萨特、马尔罗、库斯勒等进行政治谈话，涉及苏联等问题。

### 1947年

加缪将《战斗报》的股份转让给克洛德·布尔代尔。

"革命民主联盟"成立，团结左翼力量。加缪虽然支持却未参加。

6月，《鼠疫》出版，获巨大成功，加缪被授予"文学评论奖"。

夏季，加缪到普罗旺斯地区卢马兰村居住一段时间。

8月，加缪与让·格勒尼埃游布列塔尼。

9月，加缪去勒内·夏尔的家乡伊斯勒，受到热情接待。

11月，加缪回阿尔及尔，看望亲人和老师。

### 1948年

1月，加缪去瑞士养病，写完剧本《戒严》。

加缪暂时离开斗争激烈的政治舞台，携家人回阿尔及利亚游览。

5月，加缪又同家人去英国旅行。

夏天，加缪再次去夏尔的家乡伊斯勒，他对巴黎生活已心生厌倦，眷恋普罗旺斯的秀美风光和田园生活。

10月27日，《戒严》演出失败。

## 1949年

加缪开始撰写剧本《正义者》和哲学论著《反抗者》。

3月6日，加缪去伦敦，出席《卡利古拉》在伦敦的首演仪式。

6月至8月，去南美洲旅行。加缪的健康状况本来不佳，加之旅途劳顿，情况更糟了。此后两年间，他只能思考并撰写《反抗者》了。

《正义者》完稿，加缪有时去看这出戏的排练。12月，《正义者》公演，受到观众的赞赏。

## 1950年

加缪向伽利玛出版社请了一年病假，遵医嘱，去海拔高、气候干燥的卡布里斯养病。他每天坚持写作。萨特前去看望过他。

《时政评论一集》出版。

# L'Étranger

加缪去沃日地区度夏。

不久,他搬到巴黎夫人街的一套房子里。

## 1951年

加缪再次离开阴冷的巴黎,去卡布里斯疗养,主要精力用来完成《反抗者》。

10月18日,《反抗者》出版。这本书从哲学、伦理学和文学诸方面,探讨了引起论战的各种敏感问题,提出一套反抗的理论,这便是加缪的新人道主义的核心。这本书引起了萨特和加缪的激烈论战,最终导致二人彻底决裂。这一场论战是法国知识界的重大事件,持续了一年多。

11月,加缪回阿尔及尔探视母亲。

## 1952年

2月22日,加缪参加法国人权同盟在巴黎的大会,并发表演说,声援被佛朗哥政权判处死刑的西班牙共和党人。

3月,加缪声明退出欧洲文化协会,因不满它的政治宣言的一些观点。

5月至8月,《反抗者》所引起的论战到了白热化程度。加缪写了《致〈现代〉杂志主编的信》,而主编萨特则回以《答加缪书》，成为两人断绝关系的宣言书。

加缪去帕奈利耶休养。

加缪创作短篇小说集《流放与王国》。

加缪辞掉在联合国教科文组织的职务，抗议它吸收了佛朗哥统治下的西班牙为成员。

12月1日，加缪再次回家探望母亲和哥哥，重游蒂巴萨，去游览尚未去过的沙漠绿洲城镇。他乘船到马赛，去戛纳与伽利玛一家相聚，再一道回巴黎。

## 1953年

6月7日，东柏林发生暴动。"一名劳动者，无论在世界何处，赤手空拳面对坦克，高呼他不是个奴隶的时候，我们若是无动于衷，那就成了什么人呢？"（在互助会上的讲话）

《时政评论二集》出版。

6月，在昂热戏剧节上，加缪代替生病的马塞尔·埃朗，改编并执导《信奉十字架》和《闹鬼》。

夏天，加缪带生病的妻子以及子女去莱蒙湖畔的多农，抓紧修改《夏天集》。

10月，加缪着手将陀思妥耶夫斯基的长篇小说《群魔》改编成剧本。

加缪在一张标明1951年3月至1953年12月的纸上，列出他心爱的词：世界、痛苦、大地、母亲、人类、沙漠、荣誉、苦难、夏日、大海。

## 1954 年

随笔集《夏天集》出版，包括《扁桃树》《重游蒂巴萨》等八篇抒情散文，反映向往光明的自然一面。加缪认为作家可以写荒谬，而自己并不绝望。

10 月，去荷兰短期旅行，阿姆斯特丹是他的小说《堕落》的背景城市。

加缪再次写信给福克纳，请求改编《修女安魂曲》。

构思写《第一人》："于是我构想'第一人'从零开始，他不会念书，也不会写字，不知道什么是道德和宗教。换言之，那是一种没有老师的教育，小说就放在现代历史的革命和战争之间展开。"

法国广播电台分几次播放加缪录制的《局外人》。

加缪十分关注阿尔及利亚的局势。11 月，殖民当局和阿尔及利亚民族主义力量矛盾激化，开始武装冲突。"左手拿着《人权宣言》，右手拿着用来镇压的警棍，还能以文明的创立者自居吗？"

11 月，应意大利文化协会邀请，加缪去意大利访问，到都灵、米兰、罗马、热那亚等城市作报告和演讲。讲演的题目为

《艺术家及其所处的时代》，表明自由的艺术家并不是一个追求舒适或内心混乱的人，而是一个有自律精神、承担社会责任的人。

## 1955 年

3月，加缪改编迪诺·布扎蒂的剧本《医院风波》，并在法国出版。

4月26日至5月16日，加缪去希腊旅行，在雅典以《悲剧的未来》为题发表演说，援引法国一大批作家在戏剧舞台所取得的成就，说明古希腊悲剧复兴的可能性。

6月，加缪重返新闻界，与《快报》周刊合作，主持《时事》栏目。加缪加盟《快报》，又引起与《法兰西观察家》的论战。

9月末，美国作家威廉·福克纳到达巴黎。为此，伽利玛出版社举办花园招待会，法国文学界名流四百人应邀参加，这成为一次文坛盛会。福克纳允许加缪改编《修女安魂曲》。

10月23日，加缪在巴黎大学主持《堂吉诃德》问世三百五十周年纪念会，他在讲话中，赞美书中的主人公拒绝现实、拒绝轻而易举的成功的精神："有一点非常重要，这些拒绝不是被动的。堂吉诃德不屈不挠地战斗，永远不甘心失败……这种拒绝不是放弃，而是一个看重荣誉的人在谦卑面前的退让，他是一个拿起武器斗争的仁慈家……这信念是一种希望，也是一种信念。这信念就是只要坚持不懈，失败最终会转化为胜利……不过，这需要战斗到最后一刻，正如西班牙哲学家所梦想的，堂吉诃德必须下地狱去为最后的受难者打开大门……"

## 1956年

1月18日，加缪飞抵阿尔及尔。他在给吉利贝尔的信中写道："我从阿尔及利亚回来，心情相当沮丧。事态的发展坚定了我的信念。对我来说，这是个人的不幸。但是必须坚持，不是什么都能妥协的。"

2月，加缪停止与《快报》合作。

5月，小说《堕落》由伽利玛出版社出版。

加缪全力援救被捕的梅宗瑟尔，以及一批被捕的阿尔及利亚自由主义者或民族主义者。梅宗瑟尔一案移到巴黎，加缪请名律师为好友辩护，终于使其免于被起诉。

9月，由卡特琳娜·塞莱斯主演的《修女安魂曲》，在巴黎马杜兰剧院演出成功。

10月23日，发生匈牙利事件。加缪声援匈牙利人民，多次参加集会游行，反对专制主义。

## 1957 年

加缪打算编《夏天集》的续集——《节日集》。

3 月,《流放与王国》出版。

6 月,昂热戏剧节上,演出修订本《卡利古拉》,以及他改编的洛贝·德·维加的《奥尔梅多骑士》。

10 月 17 日,瑞典学院授予加缪诺贝尔文学奖。当时他是法国第九位诺贝尔文学奖得主,而且是最年轻的,年仅四十四岁。加缪自己觉得意外,认为应该是马尔罗获奖。这一事件受到了左派和右派的双重抨击,但是马尔罗毫不犹豫地表示祝贺,说:"他的这种回答给我们俩都增了光。"另一位著名作家莫里亚克,也摒弃前嫌给加缪以中肯的评价:"这位风华正茂的年轻人,是青年一代最崇拜的导师之一,他给青年一代提出的问题提供了答案,他问心无愧。"

## 1958 年

2 月,《在瑞典的演讲》发表。

3 月,《反与正》再版,新作了序言。

6 月,《时政评论三集》出版。这是阿尔及利亚专集,加缪提议分析冲突并寻求解决方法。但是他已陷入两难境地,这给他造成极大苦恼。

L'Étranger

加缪这两年身体极差。

6月,去希腊旅行。

8月,著名作家马丁·杜·加尔去世,加缪为这位挚友写了纪念文章,给予其高度评价。

11月,加缪在普罗旺斯省卢马兰村买下一幢房子,打算将来长居乡间。

## 1959年

1月30日,加缪改编的陀思妥耶夫斯基的《群魔》,由他执导在巴黎安东尼剧院演出。

加缪打算经营一家剧院,请当时任文化部部长的马尔罗推动政府予以资助。

3月,加缪回阿尔及尔探母。

5月,法国电视台播放一套名人采访录,有一期是加缪专辑。

5月,加缪到卢马兰村居住,似乎恢复了精力,准备写《第一人》,11月,他顺畅地写出了第一部分。题词已想好:"献给永远无法阅读此书的你。"据加缪妻子理解,人人都是第一人。如果不出意外,《第一人》应在1960年7月完稿,1961年夏再写第二稿,或许就是定稿。

## 1960 年

伽利玛一家应邀到卢马兰过元旦。1月4日，加缪乘米歇尔·伽利玛的汽车回巴黎途中，行至蒙特罗附近的维尔勃勒万，出车祸身亡。

在悼念的文章中，萨特的悼词最感人："他顶着历史的潮流，作为醒世作家的古老家族在当今的继承者，出现在我们这个世纪，须知正是这些醒世作家的作品构成了也许是法国文学中最富有独特性的部分。他以他那执拗狭隘而又纯粹、严峻而又放荡的人道主义，同当代大量的丑行劣迹进行一场没有把握的战斗。但是反过来，通过他顽强的拒绝，他却在我们这个时代的中心，与马基雅维利的信徒们和现实主义的金犊偶像的崇拜者们背道而驰，确证了道德行为的存在。"

阿尔及利亚友人在蒂巴萨给加缪立了纪念碑，雕刻的铭文为："在这儿我领悟了人们所说的光荣：就是无拘无束地爱的权利。——阿尔贝·加缪"

人永远也谈不上改变生活,什么生活都半斤八两,我在这里的生活,一点儿也不让我反感。

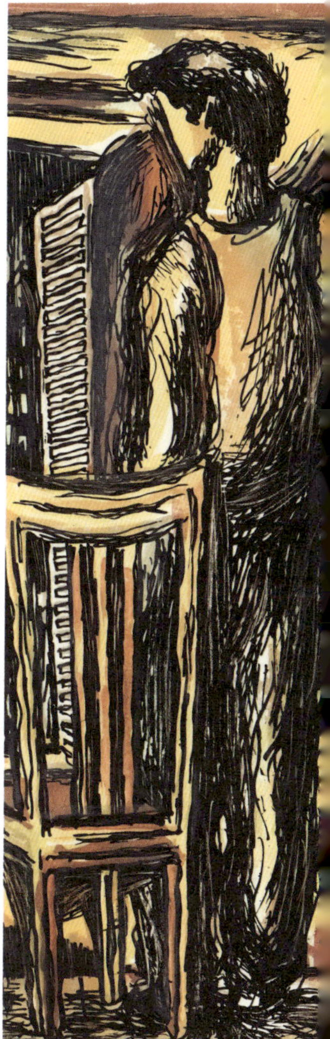

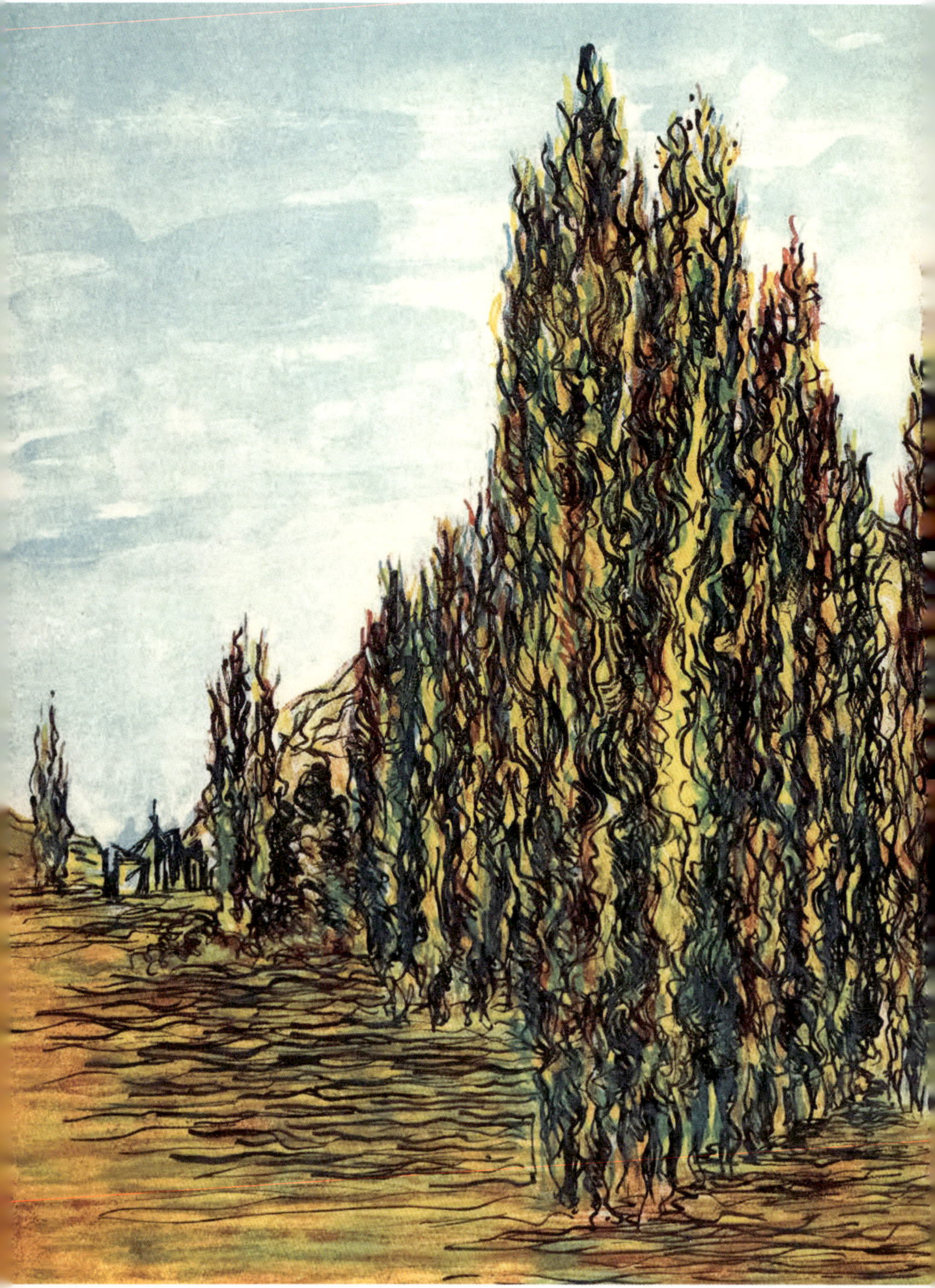

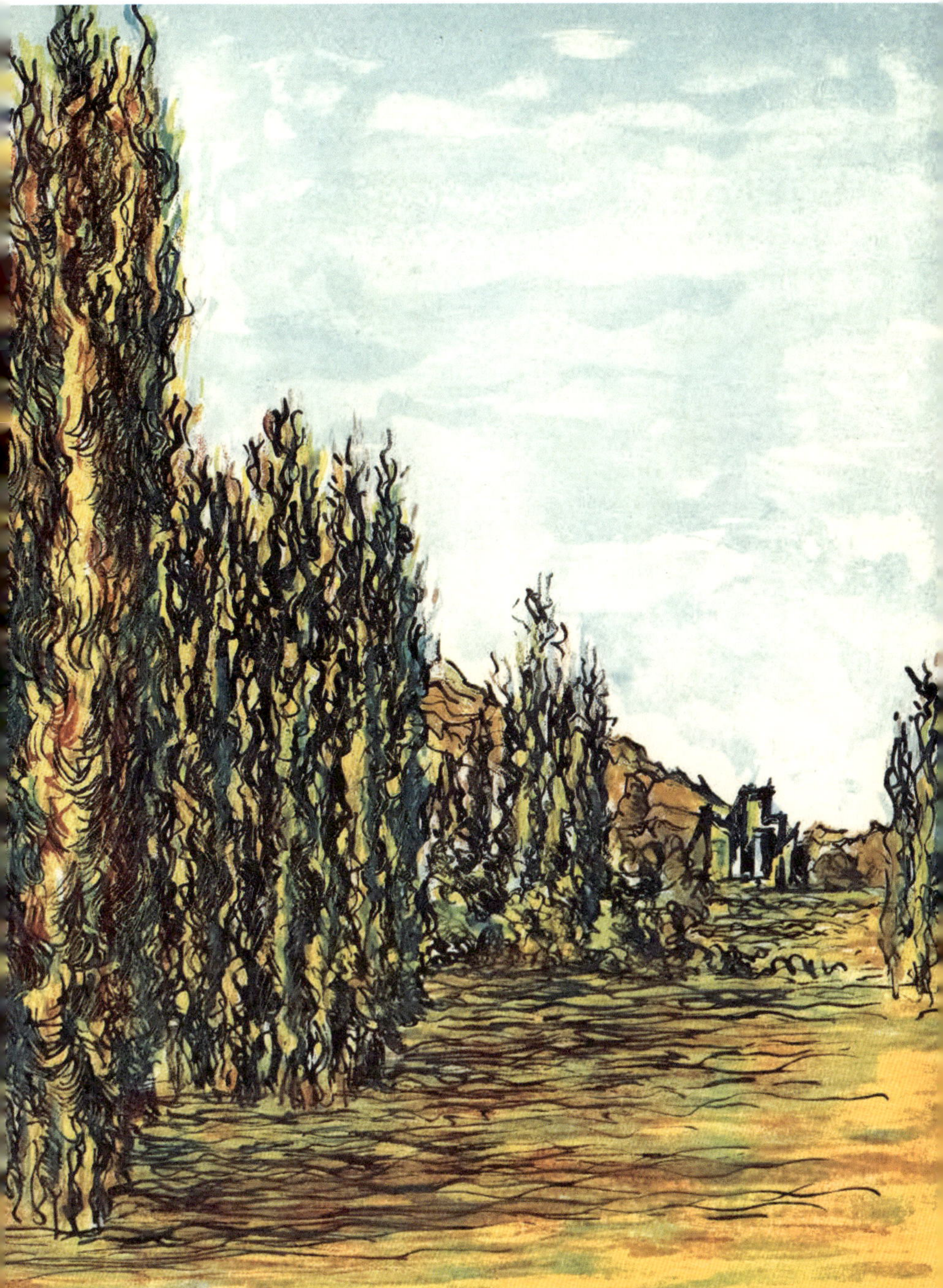

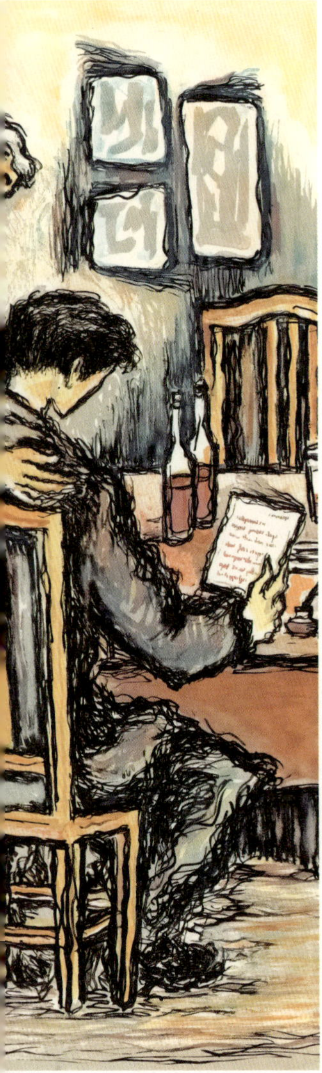